宮沢賢治のオノマトペ集

栗原敦 監修
杉田淳子 編

筑摩書房

宮沢賢治のオノマトペ集

もくじ

文　杉田淳子
手描き文字　尾崎仁美

気象の章

日のめぐりから月の満ち欠け、星々のまたたきなどの天体ドラマや、ときに人間に牙を剝くような自然現象を前に、わたしたちはなんとちっぽけな存在でしょう。自然の力に翻弄されながら、ただ見ること、受け入れること、感じること以外なす術がありません。オノマトペに注目してみると、賢治の自然の力に対する接し方が見えてくるようです。親愛と畏怖という心情そのままに、ときどきのオノマトペが使われています。

カッカッカッ

ある朝、お日様がカツカツカツと厳かにお身体をゆすぶって、東から昇っておいでになった時、チュンセ童子は銀笛を下に置いてポウセ童子に申しました。

「双子の星」より

お日様が顔を出して「双子の星」の物語がはじまります。お日様は、周りのものたちに威厳を示しているのでしょうか。ものものしい雰囲気が漂う場面です。堅い印象のオノマトペで、規則正しく繰り返される日の出が儀式のようにも思えてきます。

カブン

その時です、お月さまがカブンと山へお入りになってあたりがポカッとうすぐらくなったのは。

「シグナルとシグナレス」より

ひとつの文章のなかにある「カブン」と「ポカッ」というふたつのオノマトペが呼応して、おもしろいリズムが生まれました。まるで、たった今、結婚の約束をしたばかりのシグナルとシグナレスを祝福しているような明るい響きです。

カンカン

空がまっ白に光って、ぐるぐる廻り、そのこちらを薄い鼠色の雲が、速く速く走ってゐます。そしてカンカン鳴ってゐます。

「風の又三郎」より

柵を越えて逃げ出した馬を追う嘉助は、どこを走っているのかわからなくなって倒れ込んでしまいました。耳が痛くなるほどに「カンカン」と鳴っているのは、人智の及ばないところからの音のように感じられます。
「風野又三郎」には、蟬が「カンカン」鳴くという表現があり、おおきな鳴き声を連想させます。

キインキイン

空が光ってキインキインと鳴ってゐます。

「風の又三郎」より

嘉助は、悪天候のなかを同じ場所をぐるぐると歩き回っています。金属的に響く「キインキイン」という音はいったい何の音でしょうか。

混乱した嘉助のこころの声か、雷鳴か、自然が発する警報ともとれる不思議な音ですが、嘉助の耳には確かにこの音が聞こえているのでしょう。恐ろしい天候になりました。

サッサッサッ

お日様がもうサッサッサッサッと三遍厳かにゆらいで西の山にお沈みになりました。

「双子の星」より

双子の星が怪我をした蠍星を連れて帰る途中のこと、ふたりの目の前で日が沈んでいく場面です。

「サッサッサッサッ」は、日の出のときの「カツカツカツ」と呼応したオノマトペでしょうか。太陽はどちらも揺れていますが、日没のほうによりスピード感が感じられます。

「ひのきとひなげし」にも同様に「さっさっさっさっ」と日が沈む描写があります。

シイン

黒板から降る白墨の粉のやうな、暗い冷たい霧の粒が、そこら一面踊りまはり、あたりが俄にシインとして、陰気に陰気になりました。

「風の又三郎」より

道に迷った嘉助の周囲には、冷たい霧が漂いはじめました。「シイン」という聞えない音を表すオノマトペは、物音ひとつしない状態よりもさらに静かな様子を思わせます。耳が痛くなるほどの不気味な静けさが嘉助の心情と重なるようです。

「ひかりの素足」には、「一郎はせなかがシィンとして」という表現があります。

しらしら

天の川がしらしらと南から北へ亘ってゐるのが見え、また頂の、天気輪の柱も見わけられたのでした。

「銀河鉄道の夜」より

ジョバンニは、林を駆け抜けて人気のない丘の上へとやってきました。

おおきく開けた空に天の川がほの白く輝いて目の前いっぱいに広がっています。「しらしら」は、「土神ときつね」でも同じように天の川の描写として使われています。

すうっ

お月さまは今はすうっと桔梗いろの空におのぼりになりました。

「二十六夜」より

二十六夜のこと、さきほど出てきた月は紫色の空に高く昇り、黄金の船のように見えています。

「すうっ」は、音のないなめらかな動きや静かにものごとが進む様子を表すオノマトペです。三尊が現れるという特別な夜の月の出がより幻想的に感じられます。

つるつる

小十郎はまっ青なつるつるした空を見あげてそれから孫たちの方を向いて「行って来るぢゃい。」と云った。

「なめとこ山の熊」より

ある朝のこと、珍しく仕事に行く気がしない小十郎でしたが、それでも重い腰をあげて山へ出かけて行きました。

沈んだ小十郎の気持ちと、「つるつる」とすべるように澄みきった青空が鮮やかに対比されています。

「タネリはたしかにいちにち噛んでゐたやうだった」や「ひかりの素足」でも、同じように青空を表すオノマトペとして使われています。

とっぷり

見ると東のとっぷりとした青い山脈の上に、大きなやさしい桃いろの月がのぼったのでした。

「かしはばやしの夜」より

風変わりな絵描きに誘われて清作は柏の木大王を訪ねました。東の山の上には月が昇っています。

「とっぷり」は、日暮れの様子などによく使われるオノマトペで「周囲がすっかり覆われる」という意味があります。この場面では日暮れて暗くなった山脈の質感を表しているのでしょうか。

桃色の月というのも興味深い風景です。

ばソばソばソ

それはそのお月さまの船の尖った右のへさきから、まるで花火のやうに美しい紫いろのけむりのやうなものが、ばりばりばりと噴き出したからです。

「二十六夜」より

月から煙が噴き出して、その煙が鮮やかな紫色の雲を作り三尊が姿を現す場面です。ここでは煙がこの世のものとは思えない勢いで吹き出す様をはげしい音で表しています。「双子の星」にも「バリバリバリバリッと烈しい音がして」竜巻が立ち上がるという表現があります。

ユラリユラリ

東の空が白く燃え、ユラリユラリと揺れはじめました。

「いてふの実」より

ゆっくりと夜が明けようとするなかで、いちょうのお母さんの木は、ただじっと立っています。いちょうのお母さんにこのあとおおきな悲しみが訪れることを思うと、日の出の様子も意味深い表現に思えてきます。

「二十六夜」では、高い木に止まったおじいさんのふくろうが「ゆらりゆらり」と居眠りをする様子が描かれており、穏やかでゆったりとした動きが感じられます。

風の章

代表作「風の又三郎」からもわかるように、賢治の童話のなかで、いつも風はとくべつな存在として扱われています。なぞの多い転校生の三郎は、まるで風の分身のよう。夜中に吹く風の音が耳についで眠れない夜があるように、風にはひとの気持ちを不安にさせる一面があるのかも知れません。どこからやってくるのかわからない、目には見えないけれどたしかにある風には、不思議な力が備わっているようです。

がたがた

風はまだやまず、窓がらすは雨つぶのために曇りながらまだがたがた鳴りました。

「風の又三郎」より

映画のラストシーンを思わせる「風の又三郎」の最後の一文です。風とともにやってきて、風のように去っていった三郎の正体に謎を残しているかのようです。教室の窓ガラスが鳴る音が耳に残って、最後まで風の存在が強くわたしたちのこころに残ります。オノマトペとともに物語の余韻を充分に味わいましょう。

ゴーッ

北から氷のやうに冷たい透きとほった風がゴーッと吹いて来ました。

「いてふの実」より

地響きを思わせるような低く重たい音から、風の強さや冷たさがいっそう強く感じられます。

このひときわ冷たい風を合図にして、いちょうの実の子どもたちはお母さんの木から旅立って行きました。

ズこう

遠くの遠くの風の音か水の音がごうと鳴るだけです。

「シグナルとシグナレス」より

シグナレスに好意を寄せるシグナルは、夜が更けてもなかなか眠りにつくことができないようです。どこからか耳の奥で低く鳴るような音が聞こえて、かえって周囲の静けさを際立たせているように感じられます。

恋に悩むシグナルの心情が察せられます。

ごとんごーとん

風がどうと吹いてきて、草はざわざわ、木の葉はかさかさ、木はごとんごとんと鳴りました。

「注文の多い料理店」より

都会からやってきたふたりの猟師が、獲物が獲れなかったことを嘆きながら山を下りようとしています。そこへ突然強い風が吹いてきて、目の前に洋館のレストランが現れました。

風が吹いてあたりの空気が一変すると、ふたりは不思議な世界へと誘われて行きます。草や木の葉や樹木は、それぞれに音を発して、まるで自然の力を見せつけているように感じられます。

「ごとんごとん」と木が鳴る描写は「風の又三郎」でも使われています。

ざあっ

その時風がざあっと吹いて来て土手の草はざわざわ波になり運動場のまん中でさあっと塵があがりそれが玄関の前まで行くときりきりとまはって小さなつむじ風になって黄いろな塵は瓶をさかさまにしたやうな形になって屋根より高くのぼりました。

「風の又三郎」より

遊び相手を探してきょろきょろしていた三郎は、誰も相手にしてくれないのがわかるときまり悪そうに歩き出しました。そこへまた風が吹いてきました。

「ざあっ」「ざわざわ」「さあっ」「きりきり」と連続するオノマトペを追って読み進めると、風がひきおこす出来事がすぐ目の前で起きていることのように感じられます。

「鹿踊りのはじまり」には、「ざあざあ」と風が吹くという描写があります。

さくら　さくら

草がからだを曲げて、パチパチ云ったり、さらさら鳴ったりしました。

「風の又三郎」より

空が暗くなって冷たい風が吹いてくると、足元の草は雨にさらされ、風に吹かれて、さかんに音を立てはじめました。嘉助はすっかり道に迷って、悪いことが起こりそうな予感がしています。周囲からは人の気配が消えて、嘉助はおおきな自然のなかにすっぽりと入り込んでしまったようです。

どっどど
どどうど
どどうど
どどう

どっどどどうど　どどうど　どどう、
青いくるみも吹きとばせ
すっぱいくゎりんもふきとばせ
どっどどどうど　どどうど　どどう

「風の又三郎」より

「風の又三郎」の冒頭部分です。

誰が歌っているのかわからないこの歌とともに、谷川のちいさな学校にひとりの転校生がやってきました。

まだ熟していないくるみもかりんも吹きとばせと、風にけしかけるような力強いオノマトペは、物語の世界へ入るための呪文のようにも思えます。

どう

そのとき風がどうと吹いて来て教室のガラス戸はみんながたがた鳴り、学校のうしろの山の萱や栗の木はみんな変に青じろくなってゆれ、教室のなかのこどもは何だかにやっとわらってすこしうごいたやうでした。

「風の又三郎」より

谷川の子どもたちと転校生の三郎がはじめて出会う場面です。風が吹いてあたりには何とも言えない不思議な雰囲気が漂ってきました。風が吹くたびに何かが起こるのは、ただの偶然でしょうか。

「どう」は、強い風を表すオノマトペとして「虔十公園林」や「どんぐりと山猫」、「注文の多い料理店」などでも使われています。

ひゅうひゅう

電信ばしらどもは、ブンブンゴンゴンと鳴り、風はひゅうひゅうとやりました。

「シグナルとシグナレス」より

風と電信柱は、シグナルとシグナレスの仲を邪魔するやっかいな存在のようです。風の音があまりにおおきいので、ふたりは話をすることもままなりません。

その一方で、随所に登場する「ぶんぶん」「ヒュウヒュウ」「ぐうんぐうんひゅうひゅう」「ブウウ、フウウ」「ぐわんぐわん」「フィウ」など風にまつわるオノマトペは、悲恋ともとれるこの物語に明るい調子を与える役目を果たしています。

霧・雨・雪・霜・雲の章

この章のオノマトペを見てみると、水がカタチを変えていくことで天気が変わっていくということに改めて気づかされます。大気中にあるちいさな水の粒が低く漂えば霧に、高く集まれば雲に、また、おおきくなって落ちてくれば雨、冷やされれば雪となって地上に舞い降りてきます。そんなごくわずかな変化を敏感にとらえる賢治の眼。天気が変っていくことで、ものがたりも、それに関わるいきものたちの心情も変化していきます。

キシリ

キシリ

『凍み雪しんしん、堅雪かんかん。』と云ひながら、キシリキシリ雪をふんで白い狐の子が出て来ました。

「雪渡り」より

四郎とかん子の歌に誘われるように子狐の紺三郎がやってくる場面です。根雪となった雪が昼間の日差しで表面が少し解けて、また凍っていくのを繰り返し、雪は堅くなっています。

ちいさな足で雪を踏む音からは、子狐のおずおずとした様子と幼さ、さらには抑えられない好奇心など、様々なことが伝わってくるようです。

サラサラサラサラ

その明け方の空の下、ひるの鳥でも行かない高い所を鋭い霜のかけらが風に流されてサラサラサラサラサラサラ南の方へ飛んで行きました。

「いてふの実」より

霜が飛んでいくこまやかな乾いた音によって、明け方の寒さがいっそう強く感じられます。透明感のあるうつくしい描写には、一抹の不安感も漂っており、ひとつの文章で物語の世界観を感じ取ることができます。

また、「さらさらさらさら」は、「カイロ団長」では蛙の話し声として使われており、同じオノマトペから異なった印象を受けます。

ジメジメ

今日は陰気な霧がジメジメ降ってゐます。

「貝の火」より

霧が降るいやな天気のなか、仔兎のホモイは野原へ出かけて行きました。「ジメジメ」は、このあとホモイにふりかかる運命を暗示するような暗く陰気な表現です。

「風の又三郎」でも霧が降る場面や林のなかの湿った路の描写として使われています。

ツイツイツイツイ

霧がツイツイツイツイ降って来て、あちこちの木からポタリッポタリッと雫の音がきこえて来ました。

「十力の金剛石」より

不思議な歌声が聞こえて霧がさらに濃くなっていくようです。漂ったり、流れたり、巻いたりもする霧ですが、ここは霧が降ってくる場面です。

「風野又三郎」には、青空に浮かぶちいさな渦巻きが「ツイツイ」と上ったり下がったりするという不可解な場面があります。「ツイツイ」には「まっすぐに進む」という意味がありますが、抽象的な語感のオノマトペは、わたしたちの想像力をより豊かにしてくれます。

トントン

霧がトントンはね踊りました。

「十力の金剛石」より

王子と大臣が金剛石を求めて森深くまで入ると、霧が漂いはじめました。

「トントン」というちいさな太鼓のような音は、霧が漂う様子とはそぐわない印象がありますが、

「ポッシャリ、ポッシャリ、ツイツイ、トン。

はやしのなかにふる霧は、

蟻のお手玉、三角帽子の、一寸法師の

ちいさなけまり。」

と誰かが歌う歌のリズムとよく合っています。

ポシャポシャ

霧がポシャポシャ降って、もう夜があけかかってゐます。

「貝の火」より

霧が降る明け方にお父さんとホモイが狐と戦うために森へ出かけて行く場面です。夜には「ジメジメ」と降っていた霧が「ポシャポシャ」と音を立てるようになり、それに合わせるように物語も動きはじめます。

「朝に就ての童話的構図」にも「霧がぽしゃぽしゃ降って」という描写があります。

ポッシャンポッシャン

きりはこあめにかわり、ポッシャンポッシャン降って来ました。

「十力の金剛石」より

霧が雨に変わって音を立てはじめました。雨粒をイメージさせる「ポッ」と涼やかな音の「シャン」を組み合せて、リズムと雰囲気のある雨音になりました。まるで雨が歌でも歌っているような楽しさです。

「かしはばやしの夜」でも霧の降る様子が「ぽっしゃんぽっしゃんぽっしゃん」と歌われています。

にょきにょき

まはりをずうっと高い雪のみねがにょきにょきつったってゐた。

「なめとこ山の熊」より

小十郎がやってきたなめとこ山の頂上には、雪がうず高く積もって峰のように連なっていました。

成長や動きを感じさせる「にょきにょき」というオノマトペは、雪の峰に気味の悪い存在感を与えているようです。

「楢ノ木大学士の野宿」にも「のっきのっき」と山が立つという類似の表現があります。

プクプク

じっさいあのまっしろなプクプクした、玉髄のやうな、玉あられのやうな、又蛋白石を刻んでこさえた葡萄の置物のやうな雲の峯は、誰の目にも立派に見えますが、蛙どもには殊にそれが見事なのです。

「蛙のゴム靴」より

夏の夕方のこと、カン、ブン、ベンの三匹の蛙はそろって雲見を楽しんでいます。空には、蛙たちにはいっそう見事に見える雲が浮かんでいます。

夏の積乱雲でしょうか。盛り上がって湧いてくる雲を表す柔らかで愛らしい音のオノマトペは、蛙の雲見とよく似合います。

むくむく

すっかり夏のやうな立派な雲の峰が、東でむくむく盛りあがり、さいかちの木は青く光って見えました。

「風の又三郎」より

夏の終りを惜しむように、子どもたちはさいかち淵に出かけて行きました。空には、真夏を思わせる雲がおおきく張り出しています。「むくむく」は、さかんな様子やうごめくような生命力を感じさせるオノマトペです。「十力の金剛石」では苔や虹が湧いてくる描写に、「グスコーブドリの伝記」では噴火の予兆が器械に現れる様子として使われています。

水の章

常にかたちを変え続ける水。水に関連したオノマトペは、文字通りみずみずしい生命力に満ちています。すべての生命の源である水は、まるでそれ自体がいきもののように一時も留まることはありません。一方、いきものに関連した水のオノマトペは多様で、汗が流れる様子や流れ出す血など、切迫した場面でも使われています。

こうろこうろ

おもてにでてみると、まはりの山は、みんなたつたいまできたばかりのやうにうるうるもりあがつて、まつ青なそらのしたにならんでゐました。

「どんぐりと山猫」より

山猫からの手紙を受け取った一郎が、その翌朝に見た光景です。一郎の弾むような気持ちが景色にも乗り移ったのでしょうか。見慣れたはずの山々も今朝は違って見えるようです。
「うるうる」は、「潤う」を源とした水に関係したオノマトペです。山が水をたたえていきいきとしている様子が伝わってきます。

ぐうっ

みんなが又あるきはじめたとき湧水は何かを知らせるやうにぐうっと鳴り、そこらの樹もなんだかざあっと鳴ったやうでした。

「風の又三郎」より

子どもたちが上の野原に向って歩き出したときに聞こえたような気がした音は、何かの前ぶれでしょうか。耳を澄ましてみると、自然はいつもわたしたちに何かを伝えようとしているのかも知れません。

それまで晴れていたはずの空には、白い雲が出てきました。

こぽこぽ

まっ白な岩からこぼこぼ噴きだす冷たい水を何べんも掬って
のみました。

「風の又三郎」より

子どもたちが遊びに行く途中、休憩をしている場面です。「ぼこぼこ」をひっくり返したおもしろい音が印象的なオノマトペです。賢治の童話のなかでは、一般的なオノマトペを逆転させる独特な形がたびたび見受けられます。

子どもたちが通う谷川の学校には「ごぼごぼ」と水が湧く場所があります。

こぼんっこぼん

そこには冷たい水がこぼんこぼんと音をたて、底の砂がピカピカ光ってゐます。

「貝の火」より

仔兎のホモイは、春の陽気に浮かれて川のそばまでやってきました。

「こぼんこぼん」と音を立てているのは、山からの雪解け水でしょうか。それとも湧き水でしょうか。豊富な水量を感じさせる表現です。

こころ

こころ

こころ

石の間から奇麗な水が、ころころころころ湧き出して泉の一方のふちから天の川へ小さな流れになって走って行きます。

「双子の星」より

仕事を終えた双子の星のチュンセとポウセが訪れた空の泉の光景です。ちいさなものが転がるようなオノマトペからは、珠のように連なって湧く水の清らかさがうかがえます。

「銀河鉄道の夜」では、天の川に水が湧き出す様を「ころんころん」と表しています。

チクチクチクチク

みんなあんまり一生けん命だったので、汗がからだ中チクチクチクチクチク出て、からだはまるでへたへた風のやうになり、世界はほとんどまっくらに見えました。

「カイロ団長」より

団長の命令に従って、あまがえるたちはおおきな石を動かそうと悪戦苦闘しています。

「チクチク」は、些細なことがだんだんと積み重なる様を表すオノマトペです。ここでは、大量の汗をかいて疲れ果てていく哀れな蛙たちの姿が描かれています。

どくどく

蠍の血がどくどく空に流れて、いやな赤い雲になりました。

「双子の星」より

大烏とのケンカで蠍星が負った傷からは、たくさんの血が流れ出しているようです。

「どくどく」という音の感じからは、大量の血が流れる様子とともに禍々しさが感じられます。

「土神ときつね」では青い光が空から流れてくる描写として、「なめとこ山の熊」では撃たれた熊が血を流す場面で使われています。

トブツ

そのとき、トブン。
黒い円い大きなものが、天井から落ちてずうっとしづんで又上へのぼって行きました

「やまなし」より

蟹のきょうだいとおとうさんのいる川のなかにやまなしが落ちてきました。

ちいさな重みが感じられるオノマトペです。声に出してみると、蟹のきょうだいが水のなかで聞いた音という感じがわかるような気がします。

パチャパチャ

大きな木鉢へ葡萄のつぶをパチャパチャむしってゐます。

「葡萄水」より

耕平が葡萄水を作ろうと収穫したばかりの野葡萄をむしっている場面です。弾けるような音からは新鮮な水気が感じられるとともに手作業の楽しさも伝わってきます。

また、「注文の多い料理店」では、香水と書いてある酢を頭にふりかける場面で「ぱちゃぱちゃ」が使われています。

ポタポタ

清夫はお母さんのことばかり考へながら、汗をポタポタ落して、一生けん命実をあつめましたがどう云ふ訳かその日はいつまで経っても籠の底がかくれませんでした。

「よく利く薬とえらい薬」より

清夫は、お母さんのために薬になるばらの実を懸命に探しています。よほど集中しているのが、流れる汗を気にする様子もありません。

「どんぐりと山猫」では、一郎が「ぽとぽと」汗を落としながら山猫を探す場面がありますが、どちらも主人公の少年の一途な気持ちが感じ取れます。

ぼちゃぼちゃ

その証拠には熊どもは小十郎がぼちゃぼちゃ谷をこいだり谷の岸の細い平らないっぱいにあざみなどの生えてゐるとこを通るときはだまって高いとこから見送ってゐるのだ。

「なめとこ山の熊」より

熊獲りの名人の小十郎は、獲物であるはずの熊にまで好かれるほどの人物です。小十郎が歩く谷には、水が流れていることがその音から伝わってきます。

同じように「風の又三郎」でも又三郎が水のなかを進むときのオノマトペとして使われています。

光の章

賢治の童話のなかの光は、超自然的な存在として描かれるものが多くあります。舞台装置の照明のように場面を照らしたり、強い光を放って存在感を示したり、鋭く煌めいてパワーを演出したりと、ものがたりの重要な場面で使われています。なかでも、熊捕りの小十郎が死ぬ間際に見た光景は、平凡なオノマトペが使われているにもかかわらず、忘れられないシーンとなってこころに残ります。

ガリガリ

きちがひのやうな凄い声をあげガリガリ光ってまっ黒な海の中に落ちて行きます。

「双子の星」より

双子の星は、自分たちを騙したほうき星がばらばらになって海に落ちて行くのを目にしました。

「がりがり」は、「ひかりの素足」では鬼が地面を踏みしめる恐ろしい音として、「風野又三郎」では又三郎がすさまじい風で葉を吹き飛ばす描写に使われています。

いずれの場面でも、恐ろしさや激しさを含んでいるように感じられます。

ぎらぎらっ

稲妻がぎらぎらっと光ったと思ふともういつかさっきの泉のそばに立って居りました。

「双子の星」より

双子の星が疲れて立ち往生をしていると稲妻がやってきて、ふたりを泉まで送り届けてくれました。「ぎらぎらっ」からは、鮮烈に光る様が感じられ、稲妻の持つ力のおおきさも表しています。「やまなし」では、水のなかでカワセミのくちばしが光る描写として使われ、「風野又三郎」では、又三郎のマントが「ギラギラ」と光る場面があります。

きんきん

小岩井の野原には牧草や燕麦がきんきん光って居りました。

「おきなぐさ」より

野原の牧草やオート麦が太陽に照らされて光り、季節が変わったことを告げています。

目に突き刺さるような鮮やかさを感じる「きんきん」からは、生命力に満ちあふれた植物の様子が目に浮かびます。

チカチカ

「十力の金剛石はたゞの金剛石のやうにチカチカうるさく光りはしません。」

「十力の金剛石」より

王子が十力の金剛石について尋ねると、野ばらがうれしそうに話しはじめました。

「チカチカ」は安っぽく、薄っぺらに光るイメージなのでしょうか。森羅万象のすべてである十力の金剛石を表現するには、ふさわしいオノマトペではないようです。

ちらちらちらちら

そしてちらちらちらちら青い星のやうな光がそこらいちめんに見えた。

「なめとこ山の熊」より

熊に襲われて死の間際にある小十郎が目にした景色です。星のように揺れる光は、生命の最後のまたたきだったのでしょうか。「ちらちらちらちら」は、「鳥をとるやなぎ」では楊の木が風で揺れる場面で、「風野又三郎」では日の出の崖の描写として使われており、いずれも繊細な光が切れ切れに輝く様子が感じられます。

ぱたぱた

空が旗のやうにぱたぱた光って翻へり、火花がパチパチパチッと燃えました。

「風の又三郎」より

逃げた馬を追って走る嘉助は、急変する天気に翻弄されています。空が旗のように翻ったり、火が燃えているように見えるのは、稲光のせいでしょうか。

オノマトペは、嘉助の感じている荒天を思い浮かべる手助けになってくれます。

ぴかぴか

空が青くすみわたり、どんぐりはぴかぴかしてじつにきれいでした。

「どんぐりと山猫」より

誰がいちばん偉いのかを争うどんぐりの裁判がはじまろうとしています。

集まったたくさんのどんぐりたちに太陽の光が反射して、表面が磨かれたように輝いています。この明るい様子から、山猫がよい判決をくだす予感がしてきます。

「ぴかぴか」は、「烏の北斗七星」や「雪渡り」では、雪や霜が輝く様子として使われています。

ピッカリピッカリ

赤い封蠟細工のほうの木の芽が、風に吹かれてピッカリピッカリと光り、林の中の雪には藍色の木の影がいちめん網になって落ちて日光のあたる所には銀の百合が咲いたやうに見えました。

「雪渡り」より

赤い朴の木の芽、藍色の影、銀色の光、と色彩がうつくしい場面です。よほど風が強いのか、艶のある朴の木の光が揺れて切れ切れに光るイメージが浮かびます。

「月夜のでんしんばしら」にも「星がぴっかりぴっかり顔をだしました」という表現があります。

ぺかぺか

そしてジョバンニはすぐうしろの天気輪の柱がいつかぼんやりした三角標の形になって、しばらく蛍のやうに、ぺかぺか消えたりともったりしてゐるのを見ました。

「銀河鉄道の夜」より

丘の上で寝入ってしまったジョバンニが、いつの間にか銀河鉄道の乗客になる直前の情景です。

淡い光が不規則に点滅しているのでしょうか。「ぺかぺか」という音からは、この世のものとは思えない奇妙な雰囲気が感じられます。

「ひかりの素足」では、瀕死の楢夫がろうそくの火のように光る場面で使われています。

「歩く・踊る」章

おおきないきものでは、象、虎、馬、鹿、そして狐、大烏、仔兎、ちいさないきものでは蛙や蟻、そして人間まで。それぞれが歩いたり、踊ったりするたのしいオノマトペが並びます。そのいきものの重さや嵩、歩幅や状況がオノマトペの効果によって真に迫って伝わってきます。さらに、いきものたちが持って生まれた宿命のようなものまでもが透けて見えてくるから不思議です。

キック
キックトントン
キック
キックトントン

狐は可笑しさうに口を曲げて、キックキックトントンキックキックトントンと足ぶみをはじめてしっぽと頭を振ってしばらく考へてゐましたがやっと思ひついたらしく、両手を振って調子をとりながら歌ひはじめました。

「雪渡り」より

四郎とかん子が狐の幻燈会へ来ると聞いた狐の紺三郎はうれしくてたまらないという様子で足を踏み鳴らして踊りはじめました。リズミカルで弾むようなオノマトペは、このあと仲間の狐たちが踊る場面でも繰り返し使われています。狐の足が軽やかに動く様子が見えてくるようです。

ぐるくるぐるくる

鹿は大きな環をつくって、ぐるぐるぐるぐる廻ってゐましたが、よく見るとどの鹿も環のまんなかの方に気がとられてゐるやうでした。

「鹿踊りのはじまり」より

岩手地方に伝わる鹿踊りの起源を書いたお話です。栃の団子の周りに集まった鹿たちは、団子のそばに置き忘れられた手ぬぐいが気になって周囲を回りはじめました。

どちらも回転する様を表す「ぐるぐる」と「くるくる」を交互に組み合わせた特徴的なオノマトペです。鹿たちがそれぞれに反転を交えながらおおきく回り歩く様子が目に浮かんできます。

その動きは民俗芸能の鹿踊りそのものです。

じりりじりり

虎ははじめの威勢はどこへやらからだ中の筋がみな別々にガタガタタガタガタ顫え出して白い泡をはいてじりりりじりりりとしりごみをしてしまひました。

「けだもの運動会」より

動物たちが集まって運動会の競技内容について話し合っています。虎が自分に有利な提案をすると、獅子は怒って虎をたしなめました。

公正さに欠ける虎への獅子の怒りは「じりじり」では足りずに「じりりじりり」と退かせるほどにおおきなものだったのでしょうか。一気に元気を失って尻込みをする虎の様子が滑稽です。

すっすっ

「僕がこいつをはいてすっすっと歩いたらまるで芝居のやうだらう。」

「蛙のゴム靴」より

カン蛙は、手に入れたばかりのゴム靴を履いて仲間の前で軽快に歩いて見せています。まるで「芝居のやう」とは、最大限の自画自賛でしょう。自分だけが持っているゴム靴を自慢するカン蛙の誇らしげな様子が目に浮かびます。

すぱすぱ

白いシャッポをかぶって先生についてすぱすぱとあるいて来たのです。

「風の又三郎」より

急に姿が見えなくなった転校生の三郎が、先生の後ろについて歩いてくるのが見えました。みんなの視線を気にする様子もなく、すまして歩く転校生は、不思議な存在感を示しているようです。

進んで行った鹿は、首をあらんかぎり延ばし、四本の脚を引きしめ引きしめそろりそろりと手拭に近づいて行きましたが、俄かにひどく飛びあがって、一目散に遁げ戻ってきました。

「鹿踊りのはじまり」より

一頭の鹿が手ぬぐいに近づいて行きました。正体がわからない手ぬぐいを警戒しながら歩を進める様子が伝わってきます。「そろりそろり」は、「クンねずみ」でも、用心深く、思案しながら行動する場面で使われています。

テクテク

カイロ団長は、はやしにつりこまれて、五へんばかり足をテクテクふんばってつなを引っ張りましたが、石はびくとも動きません。

「カイロ団長」より

「てくてく」は、「チュウリップの幻術」で男が歩いて来る描写に使われているように、一般的には「踏ん張る」というような留まる動作にはそぐわないオノマトペです。
この場面では、団長が何度も足を踏み変えながら懸命に踏ん張る様子を表しており、蛙の独特な足の運びが目に浮かびます。

どしゃどしゃ

日暮れの草をどしやどしやふんで、もうすぐそこに来てゐます。

「葡萄水」より

野葡萄を採りに行った耕平が上機嫌で野原から引きあげてくる場面です。きょうの収穫に満足しているのでしょう。少々乱暴ながらも堂々とした足どりがうかがえます。

「土神ときつね」には、土神が草を「どしどし」踏む、とあるほか、「十力の金剛石」には「ばたりばたり」と草を踏むという似た表現があります。

とっとっとっとっ

みんなは交る交る、前肢を一本環の中の方へ出して、今にもかけ出して行きさうにしては、びっくりしたやうにまた引っ込めて、とっとっとっとっしづかに走るのでした。

「鹿踊りのはじまり」より

手ぬぐいを中心に環になった鹿たちは、手ぬぐいに近づきそうになっては思いとどまって静かに走るのを繰り返しています。「とっとっ」を連続して使うことで、何かが起こる予感が次第に高まっていくようにも感じられます。

のこのこ

そしたらたうたう、象がのこのこ上って来た。

「オツベルと象」より

オッベルの仕事場にやってきた白象は、働いているひとを気にかける様子もなく小屋に上がり込むと機械の前をのんびりと歩きはじめました。

体はおおきいのに好奇心にかられた少年のようにひとを疑うことを知らない象の様子がわかります。案の定、このあと白象はオツベルの策略によって捕らえられ、過酷な労働を課されることになります。

のしりのしり

するも平二も少し気味が悪くなったと見えて急いで腕を組んでのしりのしりと霧の中へ歩いて行ってしまひました。

「虔十公園林」より

殴られてふらふらになっても無抵抗な虔十のことが気味が悪くなった平二は、霧のなかへと消えて行きました。
「のしりのしり」は、おおきな身体つきと重々しく歩を進める様子がうかがえるオノマトペです。と同時に、まるで虚勢を張った動物に対する表現のようにも感じられます。

のろのろ

象はのそのそ鍛冶場へ行って、べたんと肢を折って座り、ふいごの代りに半日炭を吹いたのだ。

「オツベルと象」より

オツベルの手によって鎖と重りを付けられた白象は、食べものを減らされた上、労働を強いられるようになりました。「のそのそ」は、「タネリはたしかにいちにち嚙んでゐたやうだった」ではひきがえるが、「月夜のけだもの」では獅子が檻のなかを歩く場面で使われています。いずれも重い足取りで動く様子がうかがえます。

のっしのっし

もう空のすゝきをざわざわと分けて大鳥が向ふから肩をふって、のっしのっしと大股にやって参りました。

「双子の星」より

大烏の星が歌声とともに空の泉に現れました。「のっしのっし」は、大柄な生きものが横柄に、貫禄たっぷりに歩く様子を思わせます。

「葡萄水」の耕平も同じように描かれていますが、「なめとこ山の熊」の小十郎が歩いている場面では、横柄さは感じられません。

ぴんぴん

子兎のホモイは、悦んでぴんぴん踊りながら申しました。

「貝の火」より

「貝の火」のはじまりの場面です。

野原の草は輝き、樺の木はたくさんの花をつけてあたりにはいい香りが漂っています。そんななかで跳ね踊るホモイの旺盛な生命力が感じられる表現です。

このあとホモイは野原を「ぴょんぴょん」と駆け出して行きますが、どちらも弾むような気持ちと仔兎の跳ねる動作が目に浮かぶオノマトペです。

ぷるぷるぷるぷる

向ふからぷるぷるぷるぷるぷる一ぴきの蟻の兵隊が走って来ます。

「朝に就ての童話的構図」より

蟻の歩哨が周囲を監視していると一匹の蟻の兵隊が走ってくるのが見えました。

一般的には、震える様子を表す「ぷるぷる」ですが、ここでは蟻が懸命に走る様子を表しているのでしょうか。どんな様子で走っているのか、想像するだけで楽しくなります。

このあとには、突然現れたきのこが「ぷるぷるぷるぷる顫へてゐる」という描写があります。

パタパタ

そして草原をペタペタ歩いて畑にやって参りました、

「蛙のゴム靴」より

どうしてもゴム靴が欲しいと思案していたカン蛙は、野ねずみに頼もうと思いついて畑まで歩いてきました。

「ペタペタ」という音は、蛙が裸足で歩く様子を連想させます。「注文の多い料理店」でも靴を脱いだ猟師が歩く場面で使われているほか、「ペンネンネンネンネン・ネネムの伝記」には「ペタペタペタペタ」とおばけが歩く場面があります。

ポカポカ

馬が道をよく知って、ひとりでポカポカあるいてゐるときも、甲太はほかの人たちのやうに、車の上へこしかけて、ほゝづえをついてあくびをしたり、ねころんで空をながめて歌をうたったりしませんでした。

「馬の頭巾」より

甲太は、自分の馬をたいそう可愛がって大切に扱っていました。「ポカポカ」は、のんびりと歩く馬のひづめの音でしょうか。のどかな音からは馬の幸せそうな様子が伝わってきます。

「泳ぐ」章

賢治は、いくつかの蛙を主人公にした童話を残しています。ちいさないきものに愛情深い眼を向ける賢治ですが、春の訪れに先立って顔を出すいきものとして、蛙を愛していたのでしょうか。擬人化された蛙は、ときにけなげで愛らしく、ときに軽薄でコミカルな存在として描かれています。蛙特有の泳ぐときの足の動きは、状況や心情によって変化していきます。

ちぇっちぇっ

しゃくにさわったまぎれに、あの林の下の堰を、たゞ二足にちぇっちぇっと泳いだのでした。

「蛙のゴム靴」より

ルラ蛙から結婚相手に選ばれなかった二匹の蛙は、やけっぱちのように泳いで家へ帰って行きました。「チェッ」という舌打ちと同じ音で足の動きを表しているのがおもしろいオノマトペです。二匹の悔しさが足の動きに表れているように感じられます。

ツイツイツイツイ

一本のたでから、ピチャンと水に飛び込んで、ツイツイツイツイ泳ぎました。

「蛙のゴム靴」より

カン蛙が雨で水かさが増えた川を泳いで行く場面です。懸命に動かす蛙の脚の動きと川の勢いに押し流されながらも進んで行く様子がリズミカルに表現されています。

プイプイ

そしてカン蛙は又ピチャピチャ林の中を歩き、プイプイ堰を泳いで、おうちに帰ってやっと安心しました。

「蛙のゴム靴」より

カン蛙が仲間の家を訪ねて回って、結婚式へ出席するという約束を取りつけて帰るところです。

ひと仕事を終えたカン蛙が雨を蹴散らして歩き、楽々と堰を泳いできました。意気揚々と帰途につく様子がうかがえる活力あふれるオノマトペです。

蛙にまつわるオノマトペは、どれもコミカルで楽しく、ちいさな生きものへの賢治の愛情があふれています。

「食べる・飲む・噛む・吸う・吐く」章

食べる、噛むなどのオノマトペは、だれがどのような状況で発しているかによってさまざまな表現が試されています。生命力を感じるもの、気味の悪いものなど、場面ごとに想像力がふくらみます。働きものの蛙が空気を吸い込むオノマトペは、実際にはありえない状況だとわかっていても納得してしまうオノマトペの代表格でしょう。蛙のきびきびした動きや高揚感が伝わってきます。

きしきし

土神は歯をきしきし噛みながら高く腕を組んでそこらをあるきまはりました。

「土神ときつね」より

土神は、自分自身に対する苛立ちと狐への嫉妬心を抑えることができません。

同じように土神が「きりきり」と歯噛みする場面もあり、神様でありながら苦悩する土神のどうすることもできない気持ちが痛々しいほどに伝わってきます。

キリキリキリッ

蜘蛛はキリキリキリッとはがみをして云ひました。

「寓話　洞熊学校を卒業した三人」より

ライバルの狸が自分をからかう歌声が聞こえてきて、蜘蛛が歯嚙みをして悔しがっている場面です。蜘蛛の激しい感情がストレートに伝わります。

「きりきりきりっ」は、「風野又三郎」では、又三郎がかかとを使って回転する場面で使われています。

すうすう

網は時々風にやぶれたりごろつきのかぶとむしにこわされたりしましたけれどもくもはすぐすうすう糸をはいて修繕しました。

「寓話　洞熊学校を卒業した三人」より

蜘蛛の網は、破られてもすぐさま修繕されてどんどんおおきく立派になっていきました。蜘蛛が糸を吐き出すオノマトペから、スムーズに難なく仕事が執り行われる様子がうかがえます。
また「すうすう」は「ひかりの素足」では、楢夫の寝息を表す場面でも使われています。

コチコチ

ツェねずみは、一目散にはしって、天井裏の巣へもどって、金平糖をコチコチたべました。

「『ツェ』ねずみ」より

ツェねずみがいたちからまんまと手に入れた金平糖を食べている場面です。

「コチコチ」は、硬い金平糖を噛み砕く音と取れますが、ツェねずみのいじましい暮らしと性根までが感じ取れます。

また「こちこち」は、「ポラーノの広場」ではコップを洗う描写として、「風の又三郎」では一郎が河原に座って石を叩く音としても使われています。

すっこ すっこ

「見っけらへなぃば、すっこすっこど葡ん萄酒呑む。」

「葡萄水」より

耕平は搾った野葡萄の汁に砂糖を入れて密造酒を作ろうと考えました。

見つからずに無事にでき上ったならば、という仮定の話ですが、葡萄酒をすいすいと飲み干す描写がとても美味しそうに描かれ、耕平の心情が滲み出ているように思えます。

「鹿踊りのはじまり」のなかでは、鹿が「すっこんすっこの栃だんご」と歌を歌い、躍る場面があります。

すぽすぽ

朝は、黄金色のお日さまの光が、たうもろこしの影法師を二千六百寸も遠くへ投げ出すころからさっぱりした空気をすぱすぱ吸って働き出し、夕方は、お日さまの光が木や草の緑を飴色にうきうきさせるまで歌ったり笑ったり叫んだりして仕事をしました。

「カイロ団長」より

「カイロ団長」のはじまりの部分です。早朝から夕方まで、あまがえるたちが歌ったり笑ったりしながら楽しく仕事をする姿が描かれています。まるで煙草でも吸うように「すぱすぱ」と空気を吸う様子からは、あまがえるたちの結束と労働への歓びが感じられます。

どくどくどくどく

蛙はどくどくどくどく水を呑んでからとぼけたやうな顔をしてしばらくなめくぢを見てから云ひました。

「寓話　洞熊学校を卒業した三人」より

なめくじを訪ねてきた蛙は、もらった水を勢いよく飲み干すと、相撲を取ろうと誘いました。

「どくどくどくどく」は、勢いよく水を飲み干す様子を表したものですが、「ごくごく」とは異なってまるで毒でも飲んでいるようなどす黒い印象を受けます。

吐き出す音として使われる「どくどく」を反対の意味で使うことで気味の悪さが感じられるのでしょうか。

ほっ

二人は又ほっと小さな息をしました。

「シグナルとシグナレス」より

同じ夢を見て幸福な時間を過ごしたシグナルとシグナレスは、目を覚ますと揃ってため息をつきました。離れて立つ信号機のふたりは、自分たちの境遇を受け入れて幸せを感じているのでしょうか。それとも、夢から醒めてがっかりしているのでしょうか。

ちいさなため息の音は、いろいろな解釈ができるようです。

ぽっ

ぽっ

ぽっ

蟹の子供らもぽっ〳〵とつゞけて五六粒泡を吐きました。

「やまなし」より

谷川の底に住む蟹のきょうだいが吐いた、ちいさなちいさな泡の粒。泡は、光りながら上の方へと昇って行きました。

ごく限られた世界で暮らす幼い蟹のささやかな遊びに心和みます。

みしみし

そこで銀色のなめくぢはかたつむりを殻ごとみしみし喰べてしまひました。

「寓話　洞熊学校を卒業した三人」より

殻を噛み砕く音が耳元で聞こえてくるようなおぞましい場面です。なめくじは、訪ねてきたかたつむりに水や食料を与えたあと、乱暴に投げつけて殻ごと食べてしまいました。

「みしみし」は「月夜のけだもの」では、象が地面を踏みしめる場面で使われています。

むちゃむちゃむちゃ

ツェ鼠はプイッと中へはいって、むちゃむちゃむちゃっと半ぺんをたべて、又プイッと外へ出て云ひました。

「『ツェ』ねずみ」より

ツェねずみがねずみ捕りのハンペンを貪るように食べています。ほかにもツェねずみが「ピチャピチャピチャッ」と鰯を食べる場面があるほか、「タネリはたしかにいちにち噛んでゐたやうだつた」には「にちゃにちゃ」と蔓を噛むオノマトペが何度も出てきます。いずれも生々しい音が耳についていつまでも消えない印象的な場面です。

むにゃむにゃ

狸はむにゃむにゃ兎の耳をかみながら、

「なまねこ、なまねこ、世の中のことはな、みんな山猫さまのおぼしめしのとほりぢゃ。」

「寓話　洞熊学校を卒業した三人」より

兎を訪ねてきた狸は、兎の耳が長すぎると言って耳をすっかり食べてしまいました。

「むにゃむにゃ」も「なまねこ、なまねこ」も、はっきりとしない気持ちの悪い音のように感じられます。

「蛙のゴム靴」では、蛙が歯のない口を食いしばる場面で「むにゃむにゃ」が使われています。

「笑う・泣く」章

「あはは」「うふふ」「けらけら」などの笑い声や、「えーん、えーん」「おんおん」「しくしく」などの泣き声に代表される感情を示すオノマトペは、わたしたちの日常でもよく使われます。賢治の童話には、独自の感性で選ばれたオノマトペが見られ、泣き方にも段階があること、笑顔にもおおきさがあることを知って、ものがたりがいっそうたのしくなります。

かぷかぷ

『クラムボンはわらったよ。』
『クラムボンはかぷかぷわらったよ。』

「やまなし」より

谷川に住む幼い蟹のきょうだいがクラムボンのことを言い合っています。

「かぷかぷ」という不思議なオノマトペには、蟹のきょうだいが話す「クラムボン」っていったいなんのことだろう？　と、わたしたちを惹きつける力があります。

ひとつの耳慣れないオノマトペから、ちいさな物語がはじまります。

けろん

カン蛙はけろんとした顔つきをしてこっちを向きました。

「蛙のゴム靴」より

うつくしいルラ蛙が結婚相手を探しに三匹の蛙の前にやってきました。ルラ蛙に婿として選ばれたカン蛙は、事態がよく飲みこめていないのか、まぬけな顔をしています。

「けろん」というオノマトペが、蛙の鳴き声と似ているのは偶然でしょうか。

しくしくしくしく

ふくらふのお母さんはしくしくしくしく泣いてゐました。

「二十六夜」より

末息子の穂吉が人間の子どもに捕らえられたと聞いたお母さんのふくろうが涙を流しています。お母さんふくろうの哀しみが深くこころに沁み入るような静かな静かなオノマトペです。

「しくしくしくしく」は、「オツベルと象」でも捕らえられた白象が涙を流す場面で使われています。

しいんしいん

それにつれて林中の女のふくらふがみなしいんしいんと泣きました。

「二十六夜」より

お母さんのふくろうの泣き声につられるように仲間の女のふくろうたちも涙を流しています。お母さんの「しくしくしくしく」という泣き声から「しいんしいん」と悲しみがおおきく伝播していくように感じられます。

「カイロ団長」では、改心したとのさまがえるが「ホロホロ」と涙をこぼす場面がありますが、同じように涙を流す場面でもそれぞれ違った印象を受けます。

にかにかにかにか

今日はまるでいきいきした顔いろになってにかにかにかにか笑ってゐます。

「イーハトーボ農学校の春」より

イーハトーボにもようやく遅い春がやってきました。つらい冬を越えた喜びは、抑えようとしてもどうしても笑ってしまうほどおおきいようです。滲み出すような笑顔が思い浮かぶオノマトペです。

にがにがにがにが

キッコはもうにがにがにがにがわらって戻って来ました。

「みぢかい木ぺん」より

おじいさんがくれた木ペンは、算術がすらすら解ける不思議なえんぴつです。キッコはあまりのうれしさに笑いをこらえることができません。

これより前の場面では、キッコが「にかにか」笑うという描写が出てきます。比べてみると木ペンを手に入れた喜びのおおきさがよくわかります。

「揺れる・震える」章

足が震える、木の葉が震える、景色が揺れて見える……など、震えたり揺れたりするのには、なにかの理由があるはず。「動揺」ということばからもわかるように感情やこころの変化と実際に身体やものが「揺れる・震える」様子は、直接つながっているようです。その動きはごくちいさなものであっても見逃すことはできません。カンパネルラの死を悟ったジョバンニの心情は、止められない足の震えから伝わってきます。

がくがく

「何だい。」と云ひましたが、からだはやはりがくがくふるってゐました。

「風の又三郎」より

子どもたちがさいかち淵で遊んでいると、急に強い風が吹いてきてどこからか、

「雨はざっこざっこ雨三郎　風はどっこどっこ又三郎」

という叫び声が聞こえてきました。強がっている三郎も胴震いが止まりません。

天候が急変して、いつもとは違う世界が顔をのぞかせたようです。読んでいるわたしたちの身体も震えてくる不可思議な場面です。

ぐらぐら

木や藪がけむりのやうにぐらぐらゆれました。

「どんぐりと山猫」より

どんぐりの裁判を終えた一郎が、家に帰る途中で見た光景です。不自然に揺れて見えるのは、一郎の錯覚なのでしょうか。それとも、山猫がいる世界と現実との境目のせいなのでしょうか。平凡なオノマトペに深い秘密が隠されているように思えてきます。

そうするうちに一郎は、いつもの世界に戻っていました。

ちらちらちらちら

その影は草に落ちてちらちらちらちらゆれました。

「土神ときつね」より

樺の木を訪ねて土神が近づいてくると、樺の木は土神の方へ身体を向けました。とまどいを感じている樺の木の気持ちと同じように影が細かく揺れています。

「ちらちらちらちら」は、「谷」では柏の葉の影の描写として、「イギリス海岸」では馬の足並みが光る様として、「タネリはたしかにいちにち噛んでゐたやうだった」では空模様を表すオノマトペとして使われています。

「ちらちら」を重ねて使うことでより繊細な動きが強調されています。

ちらりちらり

目からはなすと又ちらりちらり美しい火が燃え出します。

「貝の火」より

仔兎のホモイが授かった貝の火は、空に透かして見ると冷たく澄んで見え、目から離すと石のなかに火が燃え出し、まるで生きているようです。

魅惑的に燃える炎は、思わせぶりにホモイを誘っています。

ぷりぷり

ねずみとりははりがねをぷりぷりさせて怒ってゐましたので、たゞ一こと、
「おたべ。」と云ひました。

「『ツェ』ねずみ」より

ねずみ捕りは下男に疑われたことで自尊心を傷つけられ、怒りで身体を震わせています。疑われる原因となったツェねずみがエサを食べにやってきたので、ねずみ捕りはそっけなく答えただけでした。怒りに関連した「ぷりぷり」というオノマトペが、針金が震える様子に使われており、怒りの感情が真に迫ってきます。

ぷりぷりぷりぷり

樺の木はもうすっかり恐くなってぷりぷりぷりぷりゆれました。

「土神ときつね」より

狐の名前を聞いた途端に怒り出した土神を前に、樺の木はどうすることもできずに震えるばかりです。

「十力の金剛石」には、宝石でできたウメバチソウが震える様子を表した「ぷりりりぷりり」という類似のオノマトペがあります。

わくわくわくわく

ジョバンニはわくわくわくわく足がふるえました。

「銀河鉄道の夜」より

橋の上に集まった人々は、川に落ちて行方不明になったカムパネルラを案じて川を見つめています。ジョバンニは、足の震えが止まりません。ジョバンニは、一瞬にして何が起こっているのか理解したのでしょう。「わくわく」を重複した表現でジョバンニの激しい動揺が伝わってきます。

「わくわく」は、「二十六夜」や「風の又三郎」でも揺れたり震えたりする描写として使われています。

擬態音の章

もともとオノマトペ自体には確かな意味はなく、多くのひとが共通の認識のもと使い続けることで意味が定着していくものです。賢治のオノマトペには、ごく一般的な使われ方とは違った用法がありますが、どの表現、どの場面においても「このオノマトペでなければ」という強い意志が感じられます。「がらん」「どほん」といった抽象的なオノマトペであればあるほど、素直に伝わってくるようです。

がらん

中はがらんとして暗くたゞ赤土が奇麗に堅められてゐるばかりでした。

「土神ときつね」より

狐の命を奪った土神は、興奮状態のまま狐の穴に飛び込んで行きました。土神が自分より優れていると恐れていた狐は、棲家の穴と同じようにからっぽで嘘がうまいだけの存在だったのでしょうか。土神には、自分の心にも穴があいたように感じられたのかも知れません。

「がらん」は、「虔十公園林」や「風の又三郎」などでも空間と心情の空虚な様子を表す場面で使われています。

ぐにゃぐにゃ

「てめいみたいな、ぐにゃぐにゃした、男らしくもねいやつは、つらも見たくねい。」

「『ツェ』ねずみ」より

ツェねずみから理不尽に弁済を求められたいたちは、ひどく腹を立てています。

「ぐにゃぐにゃ」には、手応えがない、ねじれて曲がっている様子や一貫性がなくたやすく変わるという意味があります。ひとつのオノマトペでツェねずみの性分がすっかりうかがえるようです。

くにゃり

とのさまがへるは又四へんばかり足をふんばりましたが、おしまひの時は足がキクッと鳴ってくにゃりと曲ってしまひました。

「カイロ団長」より

王様の命令に従って重い石を運ぼうとしていた団長ですが、石の重みに耐え切れず足が曲がってしまいました。

「くにゃり」という音の効果なのか、かわいそうな場面にもかかわらずどこかおかしみが感じられます。

「月夜のでんしんばしら」では、電信柱の足が「ぐにゃん」と曲がるという似たような描写があります。

ぐんなり

毛皮を谷であらってくるくるまるめせなかにしょって自分も
ぐんなりした風で谷を下って行くことだけはたしかなのだ。

「なめとこ山の熊」より

熊を仕留めて皮を剝ぎ、ひと仕事終えた小十郎が帰って行く場面です。

熊といういきものを殺さなければ成り立たない自分の生業に精神も肉体も疲れ切った様子の小十郎。山を下りて行く後ろ姿が浮かんでくるようです。

ぐんにゃり

その泪は雨のやうに降り狐はいよいよ首をぐんにゃりとして
うすら笑ったやうになって死んで居たのです。

「土神ときつね」より

狐の命を奪った土神は涙を流していますが、もうどうすることもできません。

同じような意味を持つ「ぐにゃり」に「ん」を挟むことで、狐が死んでぐったりした様子を誇張した表現になっています。取り返しのつかない絶望的な状況が感じ取れる表現です。

ことり
ことり

こっちでは五疋がみんなことりことりとお互にうなづき合って居りました。

「鹿踊りのはじまり」より

恐る恐る手ぬぐいに近づく鹿を仲間の鹿たちがうなずき合って見守っています。何かを確かめるように首を振っているのでしょうか。互いのツノが触れ合って音を立てているのかも知れません。物語のなかで繰り返し使われている「そろりそろり」とそれに呼応するような「ことりことり」。ふたつのオノマトペが物語を進展させていくようです。

ごりごり

淵沢小十郎はすがめの赭黒いごりごりしたおやじで胴は小さな臼ぐらゐはあったし掌は北島の毘沙門さんの病気をなほすための手形ぐらゐ大きく厚かった。

「なめとこ山の熊」より

硬いものを表すときに使われる「ごりごり」は、小十郎の頑丈な身体つきを強調するとともに生真面目な気性を連想させます。

また「ゴリゴリ」は、「ひかりの素足」ではおおきな岩の描写に使われています。

さあっ

ジョバンニはなぜかさあっと胸が冷たくなったやうに思ひました。

「銀河鉄道の夜」より

銀河鉄道で過ごしたカムパネルラとの時間が終り、ジョバンニに現実が戻ってきました。橋の上に灯りが集まっているのが見えると、ジョバンニは一瞬にして胸が冷たくなったような気がしました。ジョバンニは、何が起こっているのか、直感的に察知しているようです。

しんしん

その両脚は今でもまだしんしんと痛みます。

「二十六夜」より

人間の子どもに脚を折られたふくろうの穂吉は、身体の奥まで響く痛みで苦しんでいます。

「しんしん」は、いろいろな意味で使われているオノマトペです。「革トランク」では水面の描写に、「銀河鉄道の夜」ではジョバンニの目が痛む様子として、「風の又三郎」では周囲が暗くなっていく場面に使われています。「しんしん」には、深さや暗さを表すほかに「ひっそりとした」という意味があります。

ストンストーン

あまがへるはみんな舶来ウェスキーでひょろひょろしてますから、片っぱしからストンストンと投げつけられました。

「カイロ団長」より

とのさまがえるに頭を叩かれたあまがえるたちは、反撃を試みましたが次々と簡単に投げ飛ばされてしまいました。ちいさなあまがえるたちの哀れな姿ですが、軽々とした様子がコミカルなアニメーションのように目に浮かんできます。

「ストン」は、「『ツェ』ねずみ」ではツェねずみが急な坂から転げ落ちる場面でも使われています。

せらせら

ホモイは呆れてゐましたが、馬があんまり泣くものですから、ついつりこまれて一寸鼻がせらせらしました。

「貝の火」より

ありがたい貝の火の噂を聞きつけてホモイを訪ねてきた老馬が感激して泣き出してしまいました。ホモイもついつられて涙ぐんでいます。

「せらせら」は、のどに痰や唾が詰まって不快なさまを表す岩手地方の方言でもあります。

ぢっ

ほんたうにそれらの大きな黒いものは参《しん》の星が天のまん中に来てももっと西へ傾いてもぢっと化石したやうにうごかなかった。

「なめとこ山の熊」より

山の上に置かれた小十郎のなきがらの周囲に集まった熊たちは、まるで祈りを捧げるかのようにひれ伏したまままいつまでも動かずにいました。

「なめとこ山の熊」の静かな終幕にふさわしいどっしりとしたオノマトペです。厳粛な場面を思い描いて、しばらくは物語の余韻を味わうことにしましょう。

どしどし

けれどもジョバンニは手を大きく振ってどしどし学校の門を出て来ました。

「銀河鉄道の夜」より

祭りの相談をしている仲間に加わることができないジョバンニが寂しさを振り切るようにアルバイト先に向かう場面です。「どしどし」には「続いて起こる、盛大な、遠慮のない」といった意味があり、勢いを感じさせるオノマトペです。ここには、ジョバンニの孤独感が隠されているように感じられます。

「ひのきとひなげし」では、吹き付ける風の描写に、「月夜のでんしんばしら」では電信柱が次から次へとやってくる場面で使われています。

どぼん

天の川の一とこに大きなまっくらな孔がどほんとあいてゐるのです。

「銀河鉄道の夜」より

夜空を走る銀河鉄道の車窓からカムパネルラが指差す空に黒い穴が開いているのが見えました。

「どほん」という重々しいオノマトペは、底知れぬ穴のおおきさを示しており、ジョバンニは、得体の知れない禍々しさを感じているようです。

ひとつのオノマトペで幸福感に包まれていた物語の空気が一変していくようです。

ぼしゃばしゃ

間もなく地面はぐらぐらとゆられ、そこらはばしゃばしゃくらくなり、象はやしきをとりまいた。

「オツベルと象」より

白象を救おうと仲間の象たちがオツベルの屋敷にやってきました。「ばしゃばしゃ」は、水が撥ねる様子だけでなく、さかんな様子や勢いのある様を表すオノマトペです。象が大挙して押しかけて、あたりは急激に暗くなったように感じられたのでしょう。

「畑のへり」ではとうもろこしのヒゲの描写に、「風の又三郎」では馬が尾を振る様子を表しています。

ぴよこっ

やっぱり山猫の耳は、立って尖ってゐるなと、一郎がおもひましたら、山ねこはぴょこっとおぢぎをしました。

「どんぐりと山猫」より

強い風が吹いて、ようやく山猫が一郎の前に姿を現しました。「ぴょこっ」という素早い動作を思わせるオノマトペから、賢くて闊達な山猫の様子が伝わってきます。

ぴよっぴよっ

そしてホモイの前にぴょこぴょこ頭を下げて申しました。

「貝の火」より

宝珠の貝の火を手に入れて次第に威張りはじめたホモイの前に五匹のりすがやってきました。

「蛙のゴム靴」では、野ねずみが「ひょこり」と顔を出す場面があります。どちらもちいさな動物たちの細かな動作がかわいらしい音で描かれています。

ピリッ

唇がピリッとしてからだがブルブルッとふるひ、何かきれいな流れが頭から手から足まで、すっかり洗ってしまったやう、何とも云へずすがすがしい気分になりました。

「よく利く薬とえらい薬」より

清夫が薬になるばらの実を探し当てた場面です。偶然手にしたばらの実は、孝行息子の清夫に与えられたプレゼントでしょうか。清々しく、生命感を回復する魔法のような場面ですが、身体的なオノマトペによってストレートに伝わってきます。

べらべら

土神は今度はまるでべらべらした桃いろの火でからだ中燃されてゐるやうにおもひました。

「土神ときつね」より

狐と樺の木の楽しそうな会話を聞いた土神は、燃えさかる炎で身体を焼かれるような苦しみを感じています。

「べらべら」は、舌のように伸び縮みしながら激しく燃える炎を連想させます。土神のどろどろとした感情が気味の悪いオノマトペに乗り移っているように感じられます。

ぽかぽか

三疋はぽかぽか流れて行くやまなしのあとを追ひました。

「やまなし」より

蟹のきょうだいとおとうさんは、落ちてきたやまなしの甘い香りに誘われるようにあとを追って行きました。

川の流れに乗って浮き沈みしながら流れて行くやまなし。オノマトペの効果なのか、蟹のきょうだいのちいさな目でやまなしを見ているような気がしてきます。

ぽくりぽくり

そして納屋から唐鍬を持ち出してぽくりぽくりと芝を起して
杉苗を植える穴を堀りはじめました。

「虔十公園林」より

ひとからは知恵が足りないといわれている虔十が家の裏の野原に杉の木を植えようと思い立ち、さっそく作業をしています。おっとりとした印象のオノマトペからは、スローペースながらも虔十が着実に穴を掘る様子が浮かんできます。

もくもく

もう誰だって胸中からもくもく湧いてくるうれしさに笑ひ出さないでゐられるでせうか。

「イーハトーボ農学校の春」より

青空には雲が光り、林は輝き、ひばりが鳴いて、すばらしい季節がやってきました。

まるで湧き出す雲のように、次から次へと湧いてくる喜びが伝わってくるようです。

また「貝の火」では、石のなかの火が燃える描写として使われています。

声の章

日本では「わんわん」と表されるイヌの鳴き声が、アメリカでは「バウワウ」、ロシアでは「ガフガフ」、韓国では「モンモン」と違って表されるように、実際に聞くことができる声でも、聞くひと、伝えるひとによって表現が違うのがオノマトペのおもしろいところ。怒りに満ちた象の咆哮、しずかに響くふくろうの声、ハチスズメの鋭い叫び声、鉱物のささやきなど、興味をかき立てられる個性的なオノマトペが並びます。

かやかや

「して見るとなんでもこの辺にさっきの花崗岩のかけらがあるね、そいつの中の鉱物がかややかや物を云ってるんだね。」

「楢ノ木大学士の野宿」より

蛋白石を探して山に入った楢ノ木大学士が野宿をしていると、頭の下の鉱物がおしゃべりをはじめました。

「かやかや」は、「蚊の軍歌ぐらゐ」の声とありますので、ともすれば聞き逃してしまうほどのちいさな声の集まりなのでしょう。

「がやがや」とはひと味違う騒がしさです。

がやがやがやがや

もうみんな、がやがやがやがや言って、なにがなんだか、まるで蜂の巣をつゝいたやうで、わけがわからなくなりました。

「どんぐりと山猫」より

自分たちのなかでもっとも偉いのは誰かというどんぐりたちの争いは、もう三日も続いています。ひとりが頭のとがったのが偉いと言えば、ひとりはまるいのだと言い、また、おおきいのだ、いや押しっこの強いのだ、とそれぞれが主張して、もうたいへんな騒ぎです。

「がやがや」だけでは足りないほどのけたたましさが感じられます。

ギイギギイフウ。
ギイギイフウ。

「さあ、発つぞ。ギイギイギイフウ。ギイギイフウ。」

「双子の星」より

古くなった機械の音とため息のような奇妙なオノマトペは、ほうき星の掛け声でしょうか。それとも身体から出てくる音なのでしょうか。双子の星がほうき星につかまって、ともに旅立つ場面です。解釈が難しいオノマトペですが、声に出して音そのものを聞いてみるとほうき星の気分が伝わってくるような気がします。
「銀河鉄道の夜」にも、「ギーギーフーギーギーフー」というほうき星に関する描写があります。

キーイキーイ

そのうちにあまがへるは、だんだん酔がまはって来て、あっちでもこっちでも、キーイキーイといびきをかいて寝てしまひました。

「カイロ団長」より

ある日の仕事帰り、あまがえるたちははじめて飲むウイスキーのおいしさに杯を重ね、酔っ払って寝込んでしまいました。聞いたことがないはずのあまがえるのいびきですが、いかにもそれらしく感じられる不思議なオノマトペです。かわいらしい蛙のいびき、ぜひ聞いてみたいものです。

キイーン

にはかにはちすゞめがキイーンとせなかの鋼鉄の骨も弾けたかと思ふばかりするどいさけびをあげました。

「十力の金剛石」より

ハチスズメの叫び声がして、みんなが待ち望む十力の金剛石が姿を現すところです。

「鹿踊りのはじまり」にも、嘉十の耳が「きいん」となって突然鹿の話し声が聞えてくる場面があります。どちらも鋭い音のオノマトペが現実世界と不思議な世界を切り替えるスイッチの役目を果しているように思えます。

クウウクウウ

もうみんな考へただけでめまひを起してクゥウ、クゥウと鳴ってばたりばたり倒れてしまったことは全く無理もありません。

「カイロ団長」より

団長がひとり九百貫の石を運ぶように命じると、あまがえるたちはあまりのことに気が遠くなって倒れ込んでしまいました。物語のはじめには、酔っ払って「キーイキーイ」といびきをかいていたあまがえるが、今度は「クゥウ、クゥウ」と苦しんでいます。あまがえるの置かれた状況に同情しながらも思わずクスリとしてしまう場面です。

グラァアがァアグラァアがア

さあ、もうみんな、嵐のやうに林の中をなきぬけて、グララアガア、グララアガア、野原の方へとんで行く。

「オツベルと象」より

白象から助けを求める手紙を受け取った仲間の象たちが、大挙して駆けて行きます。

周囲に反響するような象の鳴き声は、象たちの怒りのおおきさそのままのように感じられ、胸に迫ります。さらに、純真な象の存在そのものの哀しみまでが伝わってくるようです。

ゴギノゴギオホン

「清夫どの、今日も薬をお集めか。
お母は、すこしはいゝか。
ばらの実は　まだ無くならないか。
ゴギノゴギオホン」

「よく利く薬とえらい薬」より

病気の母のために薬になるばらの実を採ろうと森にやってきた清夫に顔なじみのふくろうが声をかけてきました。

同じように「かしはばやしの夜」では「ごぎのごぎのおほん」と、「貝の火」では「オホン、オホン」というふくろうの鳴き声があります。これらの声は、岩手地方の方言がもとになっているようです。

ゴボゴボ

その松林のずうっとずうっと高い処で誰かゴホゴホ唱へてゐます。

「二十六夜」より

高い枝に止まったふくろうのお坊さんのお経の声が森に響いています。近くにいるたくさんのふくろうたちがその声に耳を傾けています。

ふくろうの鳴き声を表す「ゴギノゴギオホン」とも関連した表現でしょうか。不明瞭ながらも年齢と威厳を感じさせる語感です。

また「サガレンと八月」でも「ごほごほ」が使われていますが、こちらは咳の音です。

コリッ、コリコリッ、カリッ

『何をっ、コリッ、コリコリッ、カリッ。』

「シグナルとシグナレス」より

硬いものをこすり合わせるような音は、電信柱の歯嚙みでしょうか。信号機のシグナルとシグナレスの結婚に身分が違うと猛反対する電信柱が興奮しています。

何の音か定かではありませんが、電信柱の腹だたしさだけはしっかりと伝わってきます。

もにゃもにゃ

孝一も嘉助も口の中でお早うといふかはりにもにゃもにゃっと云ってしまったのでした。

「風の又三郎」より

転校生の三郎に「お早う。」と声をかけられた孝一と嘉助は、地元の子ども同士では日頃使わないあいさつの言葉に気後れしたのか、恥ずかしさからか、口のなかであいまいな声を出しただけでした。

「もにゃもにゃ」というはっきりしないオノマトペにふたりの複雑な心情が見て取れるようです。村の子どもたちは、何もかもが自分たちとは違っている転校生の存在が気になって仕方がないようです。

音の章

耳で聞こえる音を真似た擬音は、いちばん原始的なオノマトペです。それだけに音の選び方に賢治の感性が色濃く反映されています。孤独な少年ジョバンニが乗った銀河鉄道が空を行く音は、この幸福な旅がいつまでも、どこまでも続いていくような安心感を与えています。一方、同じような音でありながら、不幸に見舞われたふくろうたちが聞いた汽車のこだまの音は、低く、重く、哀しく、あたりに響いています。

ガァガァ

林はガアガアと鳴り、カン蛙のうちの前のつめくさは、うすく濁った水をかぶってぼんやりとかすんで見えました。

「蛙のゴム靴」より

雨が降り出して林がにわかに騒がしくなりました。まるで林全体がひとつの生きものになったようにおおきな音を発しているようです。

「風野又三郎」にも「があがあ」と林が鳴る描写があるほか「セロ弾きのゴーシュ」では、ゴーシュが「ごうごうがあがあ」とさかんにセロを弾く場面があります。

ガサリ

空へ行った声はまもなくそっちからはねかへってガサリと樺の木の処にも落ちて行きました。

「土神ときつね」より

嫉妬心と自己嫌悪に苦しむ土神。その腹いせに木こりをからかって発した笑い声が音を立てて落ちてきました。

さらに、もう一度土神の笑い声が「バサリ」と落ちる場面もあり、土神のすさんだ精神状態と乾いた気持ちが胸に迫ります。

カラカラ

赤い眼の蠍星が向ふから二つの大きな鋏をゆらゆら動かし長い尾をカラカラ引いてやって来るのです。

「双子の星」より

空の泉に蠍星がやってくる場面です。蠍の長い尾の先の鉤には毒があり、それが蠍の最大の武器です。「カラカラ」という周囲に響く乾いた音で蠍星の登場を華やかに演出するとともにその力を示しているように感じられます。

ギーギー

蠍は尾をギーギーと石ころの上に引きずっていやな息をはあはあ吐いてよろりよろりとあるくのです。

「双子の星」より

大烏とのケンカで怪我をした蠍星が尾を引きずり、よろけながら歩を進めて行きます。

やって来たときには「カラカラ」と軽快だった尾を引く音が耳障りな音に変わって、蠍星はすっかり威厳を失ってしまいました。怪我の重大さがわかります。

きいん

ジョバンニは、ばっと胸がつめたくなり、そこら中きぃんと鳴るやうに思ひました。

「銀河鉄道の夜」より

クラスメイトのザネリにふいに父親のことをからかわれたジョバンニは、たいへんなショックを受けたようです。一瞬にして胸が冷えて、現実感を失くしてしまうほど動揺したのでしょうか。繊細なジョバンニの打ちのめされたような心情が胸に迫る場面です。

ギギンザン、リン、ギギン

草も花もみんなからだをゆすったりかゞめたりきらきら宝石の露をはらひギギンザン、リン、ギギンと起きあがりました。

「十力の金剛石」より

宝石でできた草花たちが宝石の露を払って身体を起こしました。不思議な音の組み合せによって、かえって「宝石の草花」に真実味が増したような気がします。どんな様子で草花が起き上がったのか、想像がふくらみます。

キッキッ

仕立おろしの紺の脊広を着　赤革の靴もキッキッと鳴ったのです。

「土神ときつね」より

ある初夏の晩、狐が樺の木を訪ねてくる場面です。新しい背広に赤い革靴を履いた狐はたいそう立派に見えます。

高く鳴る靴の音は、狐の高いプライドと高揚した気分そのままのように感じられます。気取り屋でおしゃれな狐によく似合ったオノマトペです。

ごとごとごとごと

気がついてみると、さっきから、ごとごとごとごと、ジョバンニの乗ってゐる小さな列車が走りつづけてゐたのでした。

「銀河鉄道の夜」より

丘に寝転がって空を眺めていたジョバンニは、いつしか銀河鉄道の乗客となっていました。ちいさな列車は、単調な音を響かせながら走り続けています。

低く響く列車の音からは、なつかしいようななんとも言えない安心感が感じられます。そしていつしかわたしたちまで、銀河鉄道に乗っているような気分になっていきます。

ごとんごとん

その音は、今度は東の方の丘に響いて、ごとんごとんとこだまをかへして来ました。

「二十六夜」より

ふくろうのお坊さんのお経がとぎれると、西の方から汽車が通り過ぎる音が聞こえてきました。しばらくするとその音は、丘に反響して戻ってきました。

このあともふくろうのお坊さんのお経（ゴホゴホ）、汽車の音（ごとんごとん）、静寂（しいん）を何度か繰り返して物語が進んで行きます。オノマトペ自体が物語を伴奏するようなひとつの役割を与えられているように感じられます。

ざわっざわっ

ところが家の、どこかのざしきで、ざわっざわっと箒の音がしたのです。

「ざしき童子のはなし」より

岩手地方に伝わるざしき童子のことを書いたお話です。おとなたちが働きに出ている昼間のこと、誰もいないはずの座敷からほうきの音が聞こえてきました。

単純なオノマトペですが、全身が粟立つようなうっすらとした怖ろしさが感じられます。

しいん

がどう云ふわけかそれから急にしいんとなってしまひました。それはそれはしいんとしてしまひました。

「カイロ団長」より

あまがえるたちは、団長の失態を目の当たりにして大笑いして喜びました。けれどもそのあとすぐに、さみしい気持ちになって黙り込んでしまいました。

周囲が静まったばかりではなく、思わずとってしまった自分たちのふるまいを悔やむあまがえるの心情がうかがえる場面です。

「しいん」は、「どんぐりと山猫」でも思いがけない判決を聞いたどんぐりたちが一種沈まる場面で同じように使われています。

しゃりんしゃりん

風が来たので鈴蘭は、葉や花を互にぶっつけて、しゃりんしゃりんと鳴りました。

「貝の火」より

野原に風が通り過ぎて、ホモイが食べていたすずらんのちいさな花が涼やかな音を立てています。

ホモイは、春の日差し、咲いている花、花の香り、すずらんの食感、すずらんの音と、五感のすべてを使って春の訪れを味わっているようです。

シュッポオン

「貴様らはみんな死刑になるぞ。その太い首をスポンと切られるぞ。首が太いからスポンとはいかない、シュッポォンと切られるぞ。」

「カイロ団長」より

とのさまがえるは、あまがえるを家来にしてカイロ団を結成するとその団長におさまりました。そして、あまがえるたちを無理に働かせようと脅しています。

「スポン」を誇張したことで音のおかしみが加わりました。何度も脅されているうちに、あまがえるたちもヤケになったのか「シュッポン、シュッポンと聞いてゐると何だか面白いやうな気がします」と言い出しました。

ツァラツァラン

トパァスはツァラツァランとこぼれて下のすゞらんの葉に落ちそれからきらきらころがって草の底の方へもぐって行きました。

「十力の金剛石」より

天河石《アマゾンストン》でできたりんどうの花が風に吹かれて傾くと、花弁のなかに入っていたトパーズが音を立てて転がり出てきました。あたりにちいさく響いたのは、宝石にふさわしい透明感が感じられる音です。

きれいな音は、豪華絢爛で現実離れした物語をよりいっそう際立たせているようです。

ツーンツーン

そのうちにもうお日さまは、空のまん中までおいでになって、林はツーンツーンと鳴り出しました。

「よく利く薬とえらい薬」より

日が高くなって林の樹木たちは不思議な音とともに活動をはじめたようです。清夫は「木の水を吸ひあげる音だ」と思いました。木が水を吸い上げるという音は、ふくろうやよしきりやかけすたちと気持ちを交わすことができる清夫だけに聞こえる音なのでしょうか。林は生きているということを再認識させられる新鮮な場面です。

どうどう

その底では赤い焰がどうどう音を立てゝ燃えると思ったのです。

「土神ときつね」より

突然、激情が土神を突き動かして、逃げて行く狐を追って走り出しました。土神の目には、草は白く燃え、青空には黒い穴が開いて、その底では炎が燃えているのが見えていました。

怒りの感情が土神に見せている景色は、まさに地獄絵図そのものです。

どかどか

鳴って吠えてうなってかけて行く風をみてゐますと今度は胸がどかどかなってくるのでした。

「風の又三郎」より

一郎が目を覚ますと外は雨とともに激しい風が吹いていました。どかどか吹いてくる風と、どかどかなる胸の音、どちらもほんとうに聞こえてくるような高揚感を感じる場面です。

「どかどか」は、「楢ノ木大学士の野宿」や「タネリはたしかにいちにち嚙んでゐたやうだった」、「銀河鉄道の夜」でも同じように胸の高鳴りを表す場面で使われています。

どしりどしり

いきなり虔十の頰をなぐりつけました。どしりどしりとなぐりつけました。

「虔十公園林」より

自分の言いなりにならない虔十に腹を立てた平二が、一方的に虔十を殴りつけています。

続けざまに行うという意味を持つ「どしどし」からの連想で、虔十が何度も殴られている様子が思い浮かびます。

「ずしり」にも似た重く鈍い音からこぶしのおおきさや重さが感じられる、まったくひどい場面です。

どってこどってこどってこ

一本のぶなの木のしたに、たくさんの白いきのこが、どってこどってこどってこと、変な楽隊をやってゐました。

「どんぐりと山猫」より

手紙をよこした山猫を探して谷川を行く一郎は、その途中できのこの楽隊と出会いました。白いきのこの楽隊は、いったいどんな演奏をしているのでしょうか。あまり上手な演奏だとは思えないぎこちない表現です。

同じように「月夜のでんしんばしら」では、「ドッテテドッテテ、ドッテテド」と電信柱が行進する場面があります。どちらもぜひ出会ってみたい風変わりで魅力的な光景です。

のんのんのん
のんのんのん

稲扱器械の六台も据えつけて、のんのんのんのんのんのんと、大そろしない音をたててやってゐる。

「オツベルと象」より

オッベルの仕事場では百姓たちが六台の機械を使って稲扱き作業に精を出しています。稲扱き器は恐ろしいほどの音を立ててフル稼働しています。

「耕耘部の時計」では脱穀機が回る同じような様子に「る、る、る、る、る、る、る、る、る、る」という表現があります。

パチパチパチパチ

本線シグナルつきの電信ばしらは、物を云はうとしたのでしたがもうあんまり気が立ってしまってパチパチパチパチ鳴るだけでした。

「シグナルとシグナレス」より

シグナルとシグナレスによほど腹を立てているのか、電信柱が激しい音を出して憤っています。まるで、電信柱の感情がスパークしているように感じられます。

ピチピチピチ

今度はそこらにピチピチピチピチと音がして煙がだんだん集まり、やがて立派ないくつかのかけらになり、おしまひにカタッと二つかけらが組み合って、すっかり昔の貝の火になりました。

「貝の火」より

粉のようにバラバラになった貝の火が、乾いた音を立て元の形に戻っていく様子です。

「ピチピチ」は、弾けるイメージとともに若々しく活力のある様子を表すオノマトペです。一度は生命力を失った貝の火でしたが、ホモイを失明させると再び力を取り戻したようです。

ヒュー

玉はまるで噴火のやうに燃え、夕日のやうにかゞやき、ヒューと音を立てゝ窓から外の方へ飛んで行きました。

「貝の火」より

「貝の火」のおしまいの場面です。燃えて輝いた貝の火は、あっけなく彼方へと飛んでいってしまいました。

貝の火によって失明するという悲惨な結末を迎えたホモイと軽々しい音と共に消えた貝の火との対比がもの悲しさを際立たせています。

ブカブカどんどん

さて運動会の当日になりました。鳥の方からたのんで来た楽隊はブカブカどんどんやってゐます。

「けだもの運動会」より

動物たちの運動会がはじまります。派手な楽隊の演奏が周囲に鳴り響いています。

楽隊のメンバーや姿はわかりませんが、吹奏楽器や打楽器をさかんに演奏する様子が目に浮かぶウキウキするような場面です。

ボッ

「ボッ」といふ爆発のやうな音が、どこからとなく聞えて来ました。

「葡萄水」より

耕平が葡萄酒を密造しようとして葡萄水を瓶に詰めてから六日後のこと。どこかで爆発か山が噴火したような音が響きました。家の前にいた耕平とおかみさんは、何度か音を聞くうちに発酵した葡萄水の瓶の栓が弾ける音だと気が付きました。

あっけない音とともに葡萄水を失った耕平は、すっかり参ってしまいました。

ボローッ

たうたう狼をたべてから二十五日めに狸はからだがゴム風船のやうにふくらんでそれからボローンと鳴って裂けてしまった。

「寓話　洞熊学校を卒業した三人」より

狼を丸ごと食べたのちに籾を呑み込んだ狸の腹が破裂する場面です。元も子もない滑稽なオノマトペが登場して、それまで物語全体に漂っていたじめじめした雰囲気から一気に解放されるような気がします。

これでこのお話もおしまいです。

ポンポンポンポン

片っぱしからあまがへるの緑色の頭をポンポンポンポンたゝきつけました。

「カイロ団長」より

酒屋の店主のとのさまがえるは、酔って眠ってしまったあまがえるの何匹かを起こしてウイスキーの代金を請求しましたが支払えるものはありません。

あまがえるたちを酔わせる作戦に成功したとのさまがえる。「ポンポンポンポン」という連続した軽い音にとのさまがえるの弾むような気持ちがあふれているように感じられます。

ミシミシ

「まるで身体が壊れさうになってミシミシ云ふんだ。光の骨までがカチカチ云ふぜ。」

「双子の星」より

自由に空を飛び回るほうき星が双子の星にスピード自慢をしています。自分の身体が軋むほどのスピードとは、どれほどなのでしょう。

お調子者で嘘つきのほうき星によく似合ったおんぼろなオノマトペです。

りうりう

ねずみとりは、思はず、はり金をりうりうと鳴らす位、怒ってしまひました。

「『ツェ』ねずみ」より

「りゅうりゅう」は、一般的には刀や槍が勢いよく風を切る音などで使われるオノマトペです。

下男からは疑われツェねずみからは責められたねずみ捕りの怒りは、容易に動かないはずの針金を響かせるほどです。

解説　賢治オノマトペのことならおもしろい

栗原　敦

　宮沢賢治の作品に出会うと、詩でも童話でも、そう、あまりありそうにもない短歌の場合ですら、際立つ様々なオノマトペ、生き生きとしたその楽しさや面白さに、誰もがとりこになってしまいます。

　蕗やいたどりがいっぱい生えるようなところを「がさがさ三里ばかり行」けば、「熊がごちゃごちゃ居」て、「赤い舌をべろべろ吐いて」、子熊たちが「ぽかぽか撲りあったり」(「なめとこ山の熊」)しているとばかりに、ひとつひとつはそれぞれありふれている場合でも、つぎつぎ生き生きとした例が登場するかと思えば、滅多にお目にかかれない、おそらくは賢治独自の創作オノマトペではないかと思われる珍しいもの、例えばぶなの木の下で「たくさんの白いきのこが、どってこどってこどってこと」(どってこ「どんぐりと山猫」)変な楽隊をやっているのに出くわしたりもします。

　もちろん、「双子の星」でチュンセ童子とポウセ童子を騙して海の中に落としてしまう彗星の「ギイギイフウ」とか、啼く鷺の「ごろごろ」(詩篇「小岩井農場」)や、「紫紺染について」の山男の「へろれって、へろれって」などの場合は、掛け声や、鳴き声、怒鳴り声のようですから、ことばの表現としては近くに位置するとはいえ、鳴き声の聞きなしとか、ただの音声や雰囲気の写しだけのものは、純然たるオノマトペとはひとまず別に分けておくべきなのかもしれませんけれど。

風が「どう」と吹くのは、「注文の多い料理店」をはじめ、あちこちに見られる賢治に特徴的な吹き付ける風の表現ですが、古くからあった言い回しを、積極的に愛用したというべきでしょうか。同様に、山男が大きな桔梗の紋のついた夜具を「のっしりと着込んで」いた（「紫紺染について」）のも、「どっしり」や「ずっしり」や「のっそり」をうまく組み合わせた賢治の造語だろうかとも思われますが、実をいえば、浄瑠璃や洒落本にも出てくるものでした。本当に、こんなによく雰囲気を捉えるオノマトペを賢治はどこまで知っていたのだろうと驚かされるほどです。

若き日に作られた短歌（「歌稿〔B〕」）に見えるもののいくつか拾ってみましょう。

花粉喰む／甲虫のせなにうつるなり／峡のそら／白き日／しよんと立つわれ
黄昏の／中学校のまへにして／ふつと床屋に／入りてけるかな
蜘蛛の糸／ながれて／きらとひかるかな／源太ヶ森の／碧き山のは
さらさらと／うす陽流るゝ紙の上に／山のつめたきにほひ／あやしも

一首目、「しよん」（しょん）と立つとは、どんな感じなのでしょう。単独の「しょん」は見かけないもののように思いますが、「しょんぼり」や「しょぼくれる」などに通うのでしょうか。歌の情景からは、ひっそりと、孤独な、やや淋しい感じがうかがえます。二首目は、何気ない「ふつ」（ふっ）とした一瞬の微妙な味わいですね。盛岡中学の先輩歌人石川啄木の短歌の雰囲気にも重なるようです。

一つとんで、四首目の「さらさら」は、「うす陽」のさす様子を表現しています。一般には、軽く、よどみなく流れるさまを表しますから、さわやかさを旨としたシャンプーや汗取りの宣伝にも用いられています。唱歌「春の小川」に見られる、浅く、軽やかに流れるさまですが、それを、「うす陽」の「流」れるのに当てはめて、冷たさや、不思議な微妙さに変えてみたわけでしょうか。よく知られた中原中也の詩篇「一つのメルヘン」でも陽ざしの粒やいつの間にか流れ出していた水の表現に「さらさら」が用いられていました。

＊

「さらさら」にはもうちょっと深く考えてみなければならない点がありました。本書でも取り上げている「いてふの実」や「風の又三郎」にあるものです。

「風の又三郎」の最終日、野分が荒れる「九月十二日」の朝、「一郎は風が胸の底まで滲み込んだやうに」思い、激しい風の「音をきゝすましぢっと空を見上げ」ます。「すると胸がさらさらと波をたてるやうに思ひました。」とありました。すぐに、風を見ていると「今度は胸がどかどかなってくるのでした。」と続くように、不安に突き動かされるまま登校すると、昨日の日曜日のうちに「高田三郎」が「外に」行ってしまっていたことを先生から聞くことになるのです。「どかどか」なる胸は激しく鼓動する、抑えきれない不安感そのものですから、ここでの「波」立つ胸の「さらさら」は、それを導く予兆のようなものに他なりません。そういえば、「いてふの実」の冒頭、この秋初めて「北から氷のやうに冷たい透きとほった風」が吹くことになる日の「明け方の空」が「カチカチの鋼」、「一杯」の星で示され、やがて東側から「優しい桔梗の花びらのやうにあやしい底光りをはじめ」るのを受けて用いられた「サラサラサラサラ」も、いかにも予兆的といっていいものでした。「高い所」を風に流されて「サラサラサラサラ南の方へ飛んで行」く「霜のかけら」のその「微かな音」が、「いてふの実」のお母さんである「丘の上の一本いてふの木」に届いて、後に続く物語が開かれていきます。生き死にや別れの悲しみに裏打ちされた、期待や不安の緊張に満ちた賑やかな出発の物語が展開しました。

これらは、オノマトペ表現が、他の様々な表現技法と関わりつつ、組み合わせられて重層化したときや、心理的に微妙な色合いを帯びたときに、より深く、より高度な働きを発揮することをよく示す例だと思われます。賢治オノマトペの理解には、欠かせない観点のひとつです。

もう一つ、「さらさら」には付け加えなければならないことがあります。かつて『日本国語大辞典』（小学館）の初版には、副詞として、概略「①物が軽く触れあってたてる音などを表わす語。」「②物事がすみやかに進むさま、」「③さっぱりとしたさま、」「④物にしめり気やねばり気がなく、さっぱりしているさま、」などとあり、形容動詞として、「しめり気やねばり気がなくさっぱりしているさま。」とあったのですが、初版刊行後三十年ほど経って出た第二版（二〇〇一年）に増補された方言関係の記述三項目の①に「寒さや恐ろしさなどのために戦慄を覚えるさま。寒気を覚えるさま。ぞくぞく。」として、岩手、宮城、山形の例があげられました。すなわち、賢治の「さらさら」の用法の影には、方言的なニュアンスも隠れているのだということがわかったのでした。

＊

オノマトペのことを考えるに際して、いささか堅苦しくなりますが、中野重治が志賀直哉の長篇小説「暗夜行路」をめぐって『暗夜行路』雑談」（昭和19）の中で書いた論究を思い出します。中野は、作品の形成のされ方、主人公の「心の発達史」に対する作家の向かい方などの問題点を取り上げたあとで、「暗夜行路」の魅力はその「スタイル」にあり、この作に限らない志賀の「スタイルは認識のあきらかさということ」だと指摘します。あくまで、小説・散文としての「暗夜行路」、そしてその作者に即した論究で、詩・韻文との対比が意図されていたのではないのですが、文例に従って、「認識の明晰」「知識」の「生きて働いている」様子を「それらの組みたてそのものに認識の明らかさがある。これがこの作者のどの行にもある特質だ。」と重ねて、「個物が、他から区別され、個物として、狭く、境界を持つものとして生きて突き出される。」と評価しますが、進んでそれと並行して生じている「あるもの、ある事柄、ある情景を、」「概念的ひろさに従わなかったときと同様、擬声的に表現することがない。必ず他の言葉で、いわば思惟的に説明する。」として、「オノマトペイー」を鍵にしてこう記すのです。

「つまり原則としてオノマトペイーがない。」「ある種の、五流・七流作家などのやる『じつくり腰を落ちつけて』、『にんまり笑つた』の類を決してこの作者は書かぬ。彼には書けない。色彩、音響、寒暖など、それから人間の心理的変化・位置などを擬声的に表現する境から出て、感覚的近似値ででなく、知的・思惟的連合観念で彼は言い表わす。このことで、このスタイルは、オノマトペイーによるスタイルより大体において高級ということになる。(理由説明は省く。)しかしこのことで、擬声で行く作家たちの味わうある種の喜びはこの作者に断念される。」「擬声で行く作家にはそのことで生理的快感がはた目にも見られる。ある場合には下司なものが感じられるほどにも見られるがそれがこの作者にはない。しかしそれは、同時にこのスタイルを受け身なものにもする。」という如くです。「自身酔つて進む」「オノマトペイー」の作家とそうでないこの作家、しかしそれが「消極性」ももたらすとも対比しています。

中野重治のこの鋭い論究は、オノマトペに独自性を発揮し、おびただしく用いもした賢治の個性の一側面を反対側から照らし出してくれるようにも思われます。独自なオノマトペを生み出した中原中也にも共通するところがあると思われます。二人を「五流・七流作家」と同列に並べるわけではありませんが、ここで記された「受け身」・「消極性」に対極するものや、オノマトペ表現の「喜び」や「生理的快感」など、ことばに向かい、ことばによって表現する営みに関して、また他者や環境との関わりに関して、狭く、防御的であるよりは、無防備なほどの共感を示し、能動的でもあることが、賢治や中也の本性として明らかに確認できそうに思われます。

ちなみに、「名辞を口にする前に感じてゐる」（「芸術論覚え書き」）ところに本源を見ようとした中也は、「思惟的に説明」することの明晰さで截然たる志賀のスタイルが親しめなかったのか、小林秀雄の未発表の志賀直哉論（「志賀直哉の独創性」）に刺激されてなのか、小林に宛てて「僕は直哉のものを読むと、これを書いた人は邪慳な人なんぢやないかと思ふ。」（大正15・12・7）などと書いたこともありました。

いずれにせよ、「高級」の反対を「低級」や「幼稚」として見下すのではなく、イノセント（幼年の無垢性）や始原として見る始原の融合性、そのものになりきってしまう感覚や全てを包摂する総合性への眼差しとして評価するべきでしょう。

＊

イノセントや始原、その融合性や総合性を本源とした宮沢賢治の表現意識は、『注文の多い料理店』広告ちらし(大)に記された「発芽を待つもの」、「作者に未知な絶えざる警（「驚」の誤植）異に価する世界自身の発展」、「心の深部に於て万人の共通」、「まだ剖れない巨きな愛の感情」などを写し取るといった説明にもその一端をうかがうことができます。賢治オノマトペの生き生きとした楽しさ自体、そこに深く根ざされたものだったと感じられてなりません。

例えば、「鹿踊りのはじまり」の鹿たちが踊り巡る場面、その頂点が見せる新しい世界の様相です。踊る鹿も、中心の木立も、風も、周囲のすすきも一体になって、「北から冷たい風が来て、ひゆうと鳴り、はんの木はほんたうに砕けた鉄の鏡のやうにかゞやき、かちんかちんと葉と葉がすれあつて音をたてたやうにさへおもはれ、すすきの穂までが鹿にまぢつて一しよにぐるぐるめぐつてゐるやうに見え」、ついには、のぞき見していた嘉十まで「もうまつたくじぶんと鹿とのちがひを忘れて、」「ホウ、やれ、やれい。」と叫びながら、飛び出してしまうほどだったのですから。

とはいえ、私たちが創り出してきたことばは、すでにその最初のときから世界の全てでも、事物そのものでも、感情そのものでもない、ある抽象でした。声にならない〈叫び〉とか、意味をなさない〈叫び〉に対する〈(助けを求める)叫び声〉の間の違いとでもいったらいいでしょうか。そして、私たちの社会と文化は、抽象としての概念を明晰にし、またそれらを分割し、精密にし、その複雑な組み合わせを整え、明瞭にしてきました。

宮沢賢治が、多様な現れを見せる天然自然との一体感を深めつつ外界と内界の照応を見つめながら、他方で、自然科学の徒として、対象の認識において、フィールドワークによる調査と資料の収集、そして物質の観察や分析、化学実験、科学技術的な実証などに携わったことは、もう一つの重要な側面を構成することにつながったと思われます。

すなわち、それは、表現すべき対象や認識を、その実情に即して、精細に、リアルに描き出すことに結びつき、オノマトペにおいても微妙な違いを、見事に描き分けることになったのです。

さきほどの、「鹿踊りのはじまり」の中の一例をみましょう。昼食をとった時に忘れた手ぬぐいを嘉十がとりに戻ると、鹿たちが集まっていて、鹿のために置いていった栃の団子のそばの、初めて見る手拭いを番兵かと警戒して、恐る恐る近づいては逃げ、近づいては逃げしている場面です。六匹ばかりの鹿が、芝原を栃の団子と手拭いを中にして「ぐるぐるぐるぐる環になつて廻つて」いるのですが、その次には「鹿は大きな環をつくつて、ぐるくるぐるくる廻つてゐましたが、」と描かれています。小さい活字の濁点はちょっと見落としかねませんが、ここは「ぐるぐる」と「ぐるくる」が使い分けられているところです。最初の部分は、一つの環を作って回っていると捉えたのみの表現で、二つ目は、おそらく同様に大きな環を描いて回っているのでしょうが、それだけでなく、それぞれの鹿がそれぞれ右側へ回転し、次いで左側へ反転することを繰り返しながら、環を描いていく仕草を捉えているのだと思います。

「ぐる」も「くる」も、「ぐるぐる」も「くるくる」も既存のオノマトペとして知られたものですが、「ぐるくる」という合成の仕方で新しいひとつが作られました。しかも、実をいえば、花巻周辺に行われている民俗芸能の鹿踊りを見たことのある方には分かって貰えると思うのですが、その舞の特徴的な所作のひとつが見事に表現されたものだったのでした。

「ドブン」と「トブン」、「プカプカ」や「ぽかぽか」ならぬ「ぼかぼか」（「やまなし」）のように、たった一音の違いで、微妙なニュアンスの差を示し分けています。さらにはまた、とのさまがえるの踏ん張った足が、おしまいに「キクッと鳴ってくにゃりと曲って」しまい、「あまがへるは思はずどっと笑ひ出しました。がどう云ふわけかそれから急にしいんとなってしまひました。それはそれはしいんとしてしまひました。」の単語としては何の変哲もない「しいん」（「カイロ団長」）の、そのなんという奥深さ。

ほんのちょっとした違いにも心が配られ、知的・思惟的説明では切り捨てられがちな生理的、肉体的存在感の奥深さに満ちた賢治オノマトペの魅力はとうてい言い尽くせませんね。

	オノマトペ	作品名	本書収録ページ	出典
	ぽくりぽくり	虔十公園林	P.260	10巻 P.104
	ポシャポシャ	貝の火	P.64	8巻 P.58
	ポタポタ	よく利く薬とえらい薬	P.94	8巻 P.267
	ぽちゃぽちゃ	なめとこ山の熊	P.96	10巻 P.265
	ほっ	シグナルとシグナレス	P.178	12巻 P.160
	ボッ	葡萄水	P.338	9巻 P.393
	ポッシャンポッシャン	十力の金剛石	P.66	8巻 P.192
	ぽっぽっぽっ	やまなし	P.180	12巻 P.126
	ボローン	寓話　洞熊学校を卒業した三人	P.340	10巻 P.287
	ポンポンポンポン	カイロ団長	P.342	8巻 P.226
ま行	ミシミシ	双子の星	P.344	8巻 P.29
	みしみし	寓話　洞熊学校を卒業した三人	P.182	10巻 P.280
	むくむく	風の又三郎	P.72	11巻 P.206
	むちゃむちゃむちゃ	「ツェ」ねずみ	P.184	8巻 P.166
	むにゃむにゃ	寓話　洞熊学校を卒業した三人	P.186	10巻 P.284
	もくもく	イーハトーボ農学校の春	P.262	10巻 P.40
	もにゃもにゃ	風の又三郎	P.286	11巻 P.181
や行	ユラリユラリ	いてふの実	P.30	8巻 P.70
ら行	りうりう	「ツェ」ねずみ	P.346	8巻 P.168
わ行	わくわくわくわく	銀河鉄道の夜	P.216	11巻 P.170

出典『新校本宮澤賢治全集』（筑摩書房）

	オノマトペ	作品名	本書収録ページ	出典
は行	パチパチパチパチ	シグナルとシグナレス	P.330	12巻 P.156
	パチャパチャ	葡萄水	P.92	9巻 P.390
	ばりばりばり	二十六夜	P.28	9巻 P.171
	ぴかぴか	どんぐりと山猫	P.112	12巻 P.14
	ピチピチピチ	貝の火	P.332	8巻 P.60
	ピッカリピッカリ	雪渡り	P.114	12巻 P.117
	ヒュー	貝の火	P.334	8巻 P.60
	ひゅうひゅう	シグナルとシグナレス	P.50	12巻 P.151
	ぴょこっ	どんぐりと山猫	P.250	12巻 P.13
	ぴょこぴょこ	貝の火	P.252	8巻 P.48
	ピリッ	よく利く薬とえらい薬	P.254	8巻 P.268
	ぴんぴん	貝の火	P.146	8巻 P.38
	プイプイ	蛙のゴム靴	P.160	10巻 P.310
	ブカブカどんどん	けだもの運動会	P.336	8巻 P.185
	プクプク	蛙のゴム靴	P.70	10巻 P.304
	ぷりぷり	「ツェ」ねずみ	P.212	8巻 P.168
	ぷりぷりぷりぷり	土神ときつね	P.214	9巻 P.250
	ぷるぷるぷるぷる	朝に就ての童話的構図	P.148	12巻 P.230
	ぺかぺか	銀河鉄道の夜	P.116	11巻 P.134
	ペタペタ	蛙のゴム靴	P.150	10巻 P.305
	べらべら	土神ときつね	P.256	9巻 P.254
	ぽかぽか	やまなし	P.258	12巻 P.130
	ポカポカ	馬の頭巾	P.152	8巻 P.139

	オノマトペ	作品名	本書収録ページ	出典
	どかどか	風の又三郎	P.322	11巻 P.210
	どくどく	双子の星	P.88	8巻 P.23
	どくどくどくどく	寓話　洞熊学校を卒業した三人	P.176	10巻 P.282
	どしどし	銀河鉄道の夜	P.244	11巻 P.126
	どしゃどしゃ	葡萄水	P.134	9巻 P.389
	どしりどしり	虔十公園林	P.324	10巻 P.108
	どってこどってこどってこ	どんぐりと山猫	P.326	12巻 P.10
	とっとっとっとっ	鹿踊りのはじまり	P.136	12巻 P.89
	どっどどどどうど　どどうど　どどう	風の又三郎	P.46	11巻 P.172
	とっぷり	かしはばやしの夜	P.26	12巻 P.67
	トブン	やまなし	P.90	12巻 P.129
	どほん	銀河鉄道の夜	P.246	11巻 P.167
	トントン	十力の金剛石	P.62	8巻 P.191
な行	にかにかにかにか	イーハトーボ農学校の春	P.198	10巻 P.40
	にがにがにがにが	みじかい木ぺん	P.200	9巻 P.400
	にょきにょき	なめとこ山の熊	P.68	10巻 P.271
	のこのこ	オツベルと象	P.138	12巻 P.162
	のしりしのり	虔十公園林	P.140	10巻 P.108
	のそのそ	オツベルと象	P.142	12巻 P.165
	のっしのっし	双子の星	P.144	8巻 P.21
	のんのんのんのんのんのん	オツベルと象	P.328	12巻 P.161
は行	ばしゃばしゃ	オツベルと象	P.248	12巻 P.168
	ぱたぱた	風の又三郎	P.110	11巻 P.192

	オノマトペ	作品名	本書収録ページ	出典
さ行	すうっ	二十六夜	P.22	9巻 P.171
	すっこすっこ	葡萄水	P.172	9巻 P.391
	すっすっ	蛙のゴム靴	P.126	10巻 P.307
	ストンストン	カイロ団長	P.238	8巻 P.226
	すぱすぱ	カイロ団長	P.174	8巻 P.222
	すぱすぱ	風の又三郎	P.128	11巻 P.175
	せらせら	貝の火	P.240	8巻 P.44
	そろりそろり	鹿踊りのはじまり	P.130	12巻 P.90
た行	ちえっちぇっ	蛙のゴム靴	P.156	10巻 P.309
	チカチカ	十力の金剛石	P.106	8巻 P.198
	チクチクチクチク	カイロ団長	P.86	8巻 P.231
	ぢっ	なめとこ山の熊	P.242	10巻 P.272
	ちらちらちらちら	土神ときつね	P.208	9巻 P.249
	ちらちらちらちら	なめとこ山の熊	P.108	10巻 P.272
	ちらりちらり	貝の火	P.210	8巻 P.42
	ツァラツァラン	十力の金剛石	P.316	8巻 P.195
	ツイツイツイツイ	十力の金剛石	P.60	8巻 P.192
	ツイツイツイツイ	蛙のゴム靴	P.158	10巻 P.309
	ツーンツーン	よく利く薬とえらい薬	P.318	8巻 P.267
	つるつる	なめとこ山の熊	P.24	10巻 P.270
	テクテク	カイロ団長	P.132	8巻 P.233
	どう	風の又三郎	P.48	11巻 P.174
	どうどう	土神ときつね	P.320	9巻 P.258

	オノマトペ	作品名	本書収録ページ	出典
	こぼこぼ	風の又三郎	P.80	11巻 P.185
	ゴホゴホ	二十六夜	P.282	9巻 P.151
	こぼんこぼん	貝の火	P.82	8巻 P.38
	ごりごり	なめとこ山の熊	P.232	10巻 P.264
	コリッ、コリコリッ、カリッ	シグナルとシグナレス	P.284	12巻 P.156
	ころころころころ	双子の星	P.84	8巻 P.20
さ行	さあっ	銀河鉄道の夜	P.234	11巻 P.169
	ざあっ	風の又三郎	P.42	11巻 P.182
	サッサッサッ	双子の星	P.16	8巻 P.25
	さらさら	風の又三郎	P.44	11巻 P.190
	サラサラサラサラ	いてふの実	P.56	8巻 P.67
	ざわっざわっ	ざしき童子のはなし	P.308	12巻 P.170
	しいん	カイロ団長	P.310	8巻 P.233
	シイン	風の又三郎	P.18	11巻 P.191
	しいんしいん	二十六夜	P.196	9巻 P.160
	しくしくしくしく	二十六夜	P.194	9巻 P.160
	ジメジメ	貝の火	P.58	8巻 P.55
	しゃりんしゃりん	貝の火	P.312	8巻 P.38
	シュッポォン	カイロ団長	P.314	8巻 P.228
	しらしら	銀河鉄道の夜	P.20	11巻 P.133
	じりりじりり	けだもの運動会	P.124	8巻 P.184
	しんしん	二十六夜	P.236	9巻 P.167
	すうすう	寓話　洞熊学校を卒業した三人	P.168	10巻 P.277

	オノマトペ	作品名	本書収録ページ	出典
か行	キッキッ	土神ときつね	P.302	9巻 P.247
	キックキックトントンキックキックトントン	雪渡り	P.120	12巻 P.116
	ぎらぎらっ	双子の星	P.102	8巻 P.27
	キリキリキリッ	寓話　洞熊学校を卒業した三人	P.166	10巻 P.278
	きんきん	おきなぐさ	P.104	9巻 P.182
	クゥウ、クゥウ	カイロ団長	P.276	8巻 P.230
	ぐうっ	風の又三郎	P.78	11巻 P.186
	ぐにゃぐにゃ	「ツェ」ねずみ	P.222	8巻 P.163
	くにゃり	カイロ団長	P.224	8巻 P.233
	ぐらぐら	どんぐりと山猫	P.206	12巻 P.17
	グララアガア、グララアガア	オツベルと象	P.278	12巻 P.167
	ぐるくるぐるくる	鹿踊りのはじまり	P.122	12巻 P.89
	ぐんなり	なめとこ山の熊	P.226	10巻 P.266
	ぐんにゃり	土神ときつね	P.228	9巻 P.259
	けろん	蛙のゴム靴	P.192	10巻 P.308
	ごう	シグナルとシグナレス	P.38	12巻 P.146
	ゴーッ	いてふの実	P.36	8巻 P.70
	ゴギノゴギオホン	よく利く薬とえらい薬	P.280	8巻 P.266
	コチコチ	「ツェ」ねずみ	P.170	8巻 P.163
	ごとごとごとごと	銀河鉄道の夜	P.304	11巻 P.135
	ことりことり	鹿踊りのはじまり	P.230	12巻 P.92
	ごとんごとん	二十六夜	P.306	9巻 P.152
	ごとんごとん	注文の多い料理店	P.40	12巻 P.29

索引

	オノマトペ	作品名	本書収録ページ	出典
あ行	うるうる	どんぐりと山猫	P.76	12巻 P.9
か行	ガアガア	蛙のゴム靴	P.290	10巻 P.309
	がくがく	風の又三郎	P.204	11巻 P.209
	ガサリ	土神ときつね	P.292	9巻 P.252
	がたがた	風の又三郎	P.34	11巻 P.211
	カツカツカツ	双子の星	P.8	8巻 P.19
	かぷかぷ	やまなし	P.190	12巻 P.125
	カブン	シグナルとシグナレス	P.10	12巻 P.149
	かやかや	楢ノ木大学士の野宿	P.266	9巻 P.366
	がやがやがやがや	どんぐりと山猫	P.268	12巻 P.15
	カラカラ	双子の星	P.294	8巻 P.22
	がらん	土神ときつね	P.220	9巻 P.258
	ガリガリ	双子の星	P.100	8巻 P.36
	カンカン	風の又三郎	P.12	11巻 P.190
	キーイキーイ	カイロ団長	P.272	8巻 P.224
	キイーン	十力の金剛石	P.274	8巻 P.199
	ギーギー	双子の星	P.296	8巻 P.25
	ギイギイギイフウ。ギイギイフウ	双子の星	P.270	8巻 P.30
	きぃん	銀河鉄道の夜	P.298	11巻 P.130
	キインキイン	風の又三郎	P.14	11巻 P.191
	ギギンザン、リン、ギギン	十力の金剛石	P.300	8巻 P.198
	きしきし	土神ときつね	P.164	9巻 P.250
	キシリキシリ	雪渡り	P.54	12巻 P.114

本書は、文庫オリジナルです。

テキストは、筑摩書房『新校本宮澤賢治全集』を底本に拗促音は半音（小書き）とし、ふりがなは最小限施しました。

ちくま文庫

宮沢賢治《みやざわけんじ》のオノマトペ集《しゅう》

二〇一四年十二月十日　第一刷発行
二〇二四年十二月十五日　第五刷発行

著　者　宮沢賢治（みやざわ・けんじ）
監　修　栗原敦（くりはら・あつし）
編　者　杉田淳子（すぎた・じゅんこ）

発行者　増田健史
発行所　株式会社　筑摩書房
東京都台東区蔵前二―五―三　〒一一一―八七五五
電話番号　〇三―五六八七―二六〇一（代表）
装幀者　安野光雅
印刷所　中央精版印刷株式会社
製本所　中央精版印刷株式会社

ISBN978-4-480-43230-8 C0193